petra hartlieb

HERBST IN WIEN

PETRA HARTLIEB wurde 1967 in München geboren und ist in Oberösterreich aufgewachsen. Sie studierte Psychologie und Geschichte und arbeitete danach als Pressereferentin und Literaturkritikerin in Wien und Hamburg. 2004 übernahm sie eine Wiener Traditionsbuchhandlung im Stadtteil Währing, heute »Hartliebs Bücher«. Davon erzählt ihr 2014 bei DuMont erschienenes Buch ›Meine wundervolle Buchhandlung‹. In ›Wenn es Frühling wird in Wien‹, ›Sommer in Wien‹ und ›Herbst in Wien‹ spielt ebendiese Buchhandlung erneut eine zentrale Rolle.

petra hartlieb

HERBST IN WIEN

ROMAN

DUMONT

Für Klaus Hartlieb (1941–2021)

1931

IN EINER HALBEN STUNDE würde das Museum schließen, doch es sah nicht so aus, als könnte irgendjemand den kleinen Paul dazu bewegen, den Heimweg anzutreten.

»Nur noch einmal zum Kaiman, Mama! Bitte. Und die Lanzenotter muss ich mir auch noch mal anschauen«, bettelte er und war schon wieder weg.

»Aber Lotti ist schon so müde, schau mal. Sie kann fast nicht mehr gehen.«

Charlotte hatte sich auf die Stufen gesetzt und rieb sich die Augen. Sie sah aus, als würde sie gleich einschlafen, doch das schien ihren älteren Bruder kaum zu beeindrucken, er war inzwischen verschwunden, lediglich sein Haarschopf tauchte immer wieder einmal kurz zwischen den Schaukästen aus Glas auf.

Seit Wochen sprach Paul nur noch vom Regenwald. Im Februar hatte ihn Fanni zu einem Lichtbildvortrag in die Urania mitgenommen, bei dem der Leiter der Costa-Rica-Forschungsexpedition Bilder und kurze Filme gezeigt hatte. Seitdem wollte Paul nur noch eines: Urwaldforscher werden. Er versuchte, im Blumentopf am Küchenfenster Ameisen zu füttern, in der Hoffnung, dass sie zur Größe von Urwaldameisen anwachsen würden. Bei ihren Spaziergängen im Türkenschanzpark beobachtete er stundenlang die einheimischen Vögel – um zu üben, wie er behauptete; und seit er fünf war, war *Robinson Crusoe* seine persönliche Bibel. Und einen Monat zuvor hatte Paul seinen Vater täglich um einen großen Tieratlas aus der Buchhandlung angebettelt, bis der ihm einen mitgebracht hatte. Nun las der Elfjährige jeden Abend darin, bis ihm die Augen zufielen.

Marie lehnte erschöpft an der großen Marmorwand neben ihrer kleinen Tochter. Sie fand Pauls Begeisterungsfähigkeit ja schön, aber ehrlich gesagt hatte sie nach drei Stunden mehr als genug von Kolibris, Spinnen, Echsen und unzähligen Orchideen, auch wenn sie noch so schön bunt und exotisch waren.

»Mama, ich hab Hunger«, quengelte Charlotte, »und die Füße tun mir weh. Trägst du mich heim?«

»Lotti! Ich kann dich nicht mehr tragen. Du bist doch schon viel zu schwer. Du kannst gut selber gehen.«

»Ja, aber ich will jetzt nach Hause. Ich bin müde. Was gibt es zu essen?«

»Wir haben noch Kartoffelgulasch von gestern, das wärmen wir auf.«

»Ich will aber kein Kartoffelgulasch. Außerdem haben wir gestern schon die ganzen Würstel rausgegessen.«

»Was anderes hab ich nicht. Und jetzt hör auf zu jammern, du bist kein Baby mehr. Du bist doch schon fast ein Schulkind.«

»Was ist denn hier los? Hat unsere kleine Urwaldforscherin einen Schwächeanfall?« Fanni zog das Mädchen an den Händen hoch und setzte sie sich auf die Hüfte.

»Schau mal, Mama, die Tante Fanni ist stark. Die kann mich tragen.«

»Ja, ich bin stark wie der Bär da oben.«

»Den mag ich nicht. Vor dem fürcht ich mich.«

Marie war das erste Mal mit Paul und Lotti im Naturhistorischen Museum, und sie war mindestens so beeindruckt wie die Kinder. Sie hatten ganz oben im ersten Ausstellungsraum begonnen und waren alle erschrocken, als sie dem ausgestopften Bären mit dem offenen Maul gegenüberstanden. Lotte versteckte sich hinter den Rockschößen ihrer Mutter und war nur mit Mühe wieder hervorzulocken. Doch durch die Aussicht auf die Elefanten in einem der hinteren Räume ließ sie sich dazu bewegen, rasch am Bären vorbeizulaufen. Wölfe, Schakale, Füchse, unzählige Tiere, deren Namen Marie noch nie zuvor gehört hatte, starrten ihnen aus den Glasvitrinen entgegen, und die Kinder waren fasziniert vom Zebra und der riesigen Giraffe. Und dann führte sie Pauls Begeisterung in die Sonderausstellung »Costa-Rica-Expedition«, in der sie gefühlte Stunden Hunderte Kolibris, riesige Spinnen und Geckos in allen Größen und Farben betrachteten.

Wie lange war das her, dass sie mit Oskar im Schönbrunner Tiergarten gewesen war? Fast zwanzig Jahre, unglaublich, wie schnell die Zeit verging! Es kam ihr vor, als wäre es gestern gewesen, als sie mit den ihr anvertrauten Kindern der Familie Schnitzler vor dem Affengehege gestanden hatte und gar nicht glauben konnte, dass es solche Tiere gab! Damals hatte sie das erste Mal darüber nachgedacht, wie groß die Welt doch war. Und nun war sie hier mit ihren eigenen Kindern, und ihr elfjähriger Sohn träumte davon, auf einen anderen Kontinent zu reisen.

»Ich hab jetzt aber Hunger.«

»Das haben wir bereits gehört. Ihr holt jetzt eure Mäntel, ich such den Paul, und dann lad ich euch zum Schnitzelessen ein.« Fanni stellte das Kind wieder auf den Boden.

»Aber das geht nicht! Und außerdem haben wir noch Kartoffelgulasch daheim.«

»Natürlich geht das. Und das schmeckt aufgewärmt nach zwei Tagen sowieso viel besser. Auf geht's.«

Die Aussicht auf ein Kalbsschnitzel lockte sogar Paul endlich weg von den Schaukästen, und sie zogen sich die Mäntel an.

Auch bei Lotti waren die Lebensgeister wiedererwacht, und

sie sprang munter vor den beiden Frauen her, Paul ging zwischen Fanni und Marie und zählte mit vor Aufregung roten Wangen nahezu alle Tiere auf, die er sich gemerkt hatte. »Und Mama: Hast du die Fledermäuse gesehen? Die ganz großen? Und die Blattschneideameisen? Weißt du, dass auf jedem Blattstück, das eine Ameise trägt, auch noch eine kleine sitzt, die sie verteidigt?«

»Nein, das wusste ich nicht.«

»Ich werde Urwaldforscher! Ganz bestimmt. Und dann fahr ich nach Costa Rica und finde eine Tierart, die noch keiner kennt.«

»Ja, das machst du. Dafür musst du aber in der Schule recht fleißig sein.«

»Bin ich doch eh. Hab nur gute Noten dieses Jahr.«

Marie und Oskar waren recht stolz auf ihren klugen Gymnasiasten. Schon als kleines Kind hatte er lieber in Atlanten geblättert, als sich Geschichten vorlesen zu lassen, und die Bücher, die sein großer Bruder Friedrich verschlang, sortierte der kleine Paul nach Farben oder ordnete sie in Gruppen, um die Anzahl besser ausrechnen zu können. Und so hatten sie im letzten Jahr große Anstrengungen unternommen, um den Bub aufs Gymnasium zu schicken, obwohl die Zeiten nicht gerade rosig waren. Zum Glück wollte der mittlerweile siebzehnjährige Friedrich nichts anderes, als in der Buchhandlung zu arbeiten, so sparten sie einen Angestellten, und inzwischen war er Oskar eine große Hilfe.

Nur mit Mühe fand die kleine Gruppe im Meissl & Schadn noch einen Tisch, an dem sie alle Platz hatten. Lotti bestellte beim Oberkellner selbstbewusst ein »Wiener Schnitzel und einen Hollersaft, bitte schön«, als er die Speisekarten brachte.

»Sei nicht immer so vorlaut«, wies Marie sie zurecht. »Und setz dich ordentlich hin.«

Inzwischen war es Marie nicht mehr unangenehm, wenn sie

als Frau ohne Begleitung in ein Gasthaus oder Kaffeehaus ging. Früher hatte sie ständig das Gefühl gehabt, die Männer würden sie anblicken und überlegen, ob sie wohl anständig sei oder noch zu haben. Fanni hingegen besuchte immer schon Kaffeehäuser, Restaurants und Theater, als wäre es eine Selbstverständlichkeit, und hatte viel Energie aufgewendet, um Marie diese Schüchternheit auszutreiben. Irgendwann gewöhnte Marie sich daran, ja, sie genoss es und betrat die Räume erhobenen Hauptes und selbstbewusst. Und auch die Lokale hatten sich inzwischen an die neuen Zeiten gewöhnt und bewirteten auch Frauen, die allein unterwegs waren. Lediglich das Sacher war in dieser Beziehung immer noch recht altmodisch und vertrat die Ansicht, dass Frauen ohne männliche Begleitung den guten Sitten widersprachen.

Sie bestellten Schnitzel mit Kartoffelsalat, Fanni orderte ein Glas Wein und wollte Marie überreden, auch eines zu trinken.

»Nein danke. Für mich keinen Wein. Ich trinke lieber Wasser.«

»Aber warum? Ein Glas schadet doch nichts.«

Alkohol in der Öffentlichkeit, das ging für Marie dann doch zu weit. Essen zu gehen im Gasthaus, in einer Zeit, in der überall alles knapp war, fand sie ohnehin schon fast unerhört.

»Ich kann aber nichts dazuzahlen zum Essen«, sagte Marie leise, nachdem sie rasch ihr Budget für den Rest des Monats überschlagen hatte.

»Das weiß ich doch. Ich lade euch ein.«

»Aber bei euch in der Buchhandlung ist doch auch nicht viel los. Ihr müsst auch sparen, oder?«

»Noch nagen wir nicht am Hungertuch. Und der Verlag geht immer noch erstaunlich gut. Wir haben gerade den Auftrag für ein Schulbuch bekommen. Außerdem muss man die Feste feiern, wie sie fallen. Wer weiß, wie lange das noch geht.«

Marie schüttelte den Kopf: »Manchmal versteh ich dich nicht.«

»Das macht nichts! Du liebst mich ja trotzdem«, grinste Fanni sie an und nahm einen Schluck aus dem Weinglas. »Mmh, sehr gut. Magst du mal kosten?«

Marie nippte kurz und stellte es rasch zurück. »Und was liest du gerade?«

»*Fabian*. Von Erich Kästner.«

»Erich Kästner kenne ich auch!« Lotti warf fast ihr Holundersaftglas um. »Der Papa liest uns jeden Abend *Pünktchen und Anton* vor. Ich liebe es!« Das kleine Mädchen zog das Wort »liebe« theatralisch in die Länge und reckte dabei die Arme nach oben. Marie und Fanni lachten. »Ich glaube, du wirst mal Schauspielerin«, sagte Fanni und strich dem Mädchen über die dunklen Locken.

»Manchmal erinnert sie mich an die Lili.« Marie schaute ihre kleine Tochter versonnen an, doch eigentlich ging der Blick durch sie hindurch, und sie sah in ihren Gedanken die kleine Lili Schnitzler, wie sie sich im elterlichen Salon in Pose warf und Gedichte aufsagte.

»Wer ist die Lili?« Nun hob sogar Paul den Kopf von seiner Costa-Rica-Broschüre.

»Ein kleines Mädchen, auf das ich mal aufgepasst habe.«

»Hatte sie keine Mama?« Lotte runzelte die Stirn, sie schien scharf nachzudenken.

»Natürlich hatte sie eine Mama! Warum denn nicht?«

»Ja, aber warum hast du dann auf sie aufgepasst? Wo sie doch eh eine Mama hatte?«

»Weißt du, das war eine ganz feine Familie. Und Herr und Frau Schnitzler hatten immer recht viel zu tun. Die sind ins Theater gegangen und auf Reisen und hatten ständig Besuch. Da brauchten die jemanden, der auf die Kinder geschaut hat.«

»Kinder?« Pauls Neugier war geweckt.

»Ja, die Lili hatte auch einen Bruder. Den Heinrich, den haben alle Heini genannt, und der war damals so alt, wie du jetzt bist.«

»Und wo sind die Kinder jetzt?«

»Der Heinrich ist schon groß. Ich glaube, er arbeitet fürs Theater.«

»Und die Lili?«

»Die Lili lebt leider nicht mehr.« Marie fiel es schwer, das auszusprechen, doch sie hatte sich geschworen, ihre Kinder niemals anzulügen.

»Aber warum nicht? Die war doch keine alte Frau?« Lotti sah sie bestürzt an.

»Nein, sie war fast noch ein Kind«, seufzte Marie und strich ihrer kleinen Tochter übers unordentliche Haar. »Manchmal ist das einfach so. Da müssen auch junge Menschen sterben. Aber zum Glück nicht so oft. Brauchst keine Angst haben, mein Herz.«

»Eh nicht.« Zum Glück wurden die riesigen Schnitzel serviert, und Lottis Aufmerksamkeit richtete sich auf ihren Teller. So frech und wagemutig sie war, der Gedanke, dass plötzlich jemand nicht mehr da sein konnte, verstörte sie zutiefst. Regelmäßig fragte sie beim Zubettgehen, ob die Mama eh nicht sterben werde oder der Papa oder einer ihrer Brüder. Und dann wollte sie Rosas Foto anschauen, und immer wieder fragte sie nach ihr, stellte sich vor, wie es wäre mit ihr zu spielen, ohne natürlich mit einzurechnen, dass die kleine Rosa auf dem Foto mittlerweile älter wäre als sie, würde sie noch am Leben sein.

Mai 1915

NACH FÜNF MONATEN an der Front kam Oskar mit einer Schussverletzung zurück nach Wien. Von seinem kurzen Leben als Soldat erzählte er kaum, doch Marie ahnte, dass er Dinge erlebt hatte, die er wohl nie wieder vergessen würde. Zwei Wochen lang war er in der Wiener Secession untergebracht, die gleich zu Kriegsbeginn in ein Reserve-Spital umgewandelt worden war. Als Marie ihn besuchte, erkannte sie Oskar nur mit Mühe unter all den blassen Männern in den Betten des großen Krankensaals. Sein Gesicht war grau und eingefallen, und obwohl er augenscheinlich versuchte, nicht allzu bedrückt zur wirken, bemerkte Marie, wie deprimiert und ausgezehrt er war.

»Wir wollten doch immer hierhergehen und die Ausstellung anschauen. Das haben wir nicht geschafft. Nun sind wir da, kannst dir den Beethovenfries anschauen.«

»Ich will aber dich anschauen, der Fries interessiert mich nicht«, sagte Marie und setzte sich an den Rand des Bettes. »Wie geht es dir?«

»Es geht schon. Ich glaube, sie entlassen mich bald. Die brauchen das Bett für schlimmere Fälle.«

Und tatsächlich, ein paar Tage später kam er nach Hause, doch seit seiner Rückkehr aus dem Hospital war er nicht mehr der Mann, in den sie sich verliebt hatte. Oft war er in sich gekehrt, dann wieder rastlos, saß tagelang schweigend in der Buchhandlung, in die sich ohnehin selten ein Kunde verirrte, und flüchtete sich in seine geliebten Bücher. An manchen Tagen verschwand er von einem Augenblick zum anderen, ohne ein Wort, ließ Marie mit dem kleinen Fritzi allein im Geschäft und lief stundenlang durch den Wienerwald. Wenn er zurückkam, streifte er seine staubigen Schuhe ab und ging wortlos ins Bett. Es war eine Zeit, in der Marie schier verzweifelte. Verzweifelte über sein Leid und sein Unvermögen, sich ihr anzuvertrauen. Das war nicht das, was Marie sich unter Ehe und Partnerschaft vorstellte. Hatten sie sich nicht erst vor Kurzem geschworen, füreinander da zu sein, in guten wie in schlechten Tagen? So stolz war sie immer gewesen, dass Oskar und sie nicht nur Mann und Frau waren, sondern auch beste Freunde, die sich alles – oder fast alles – erzählen konnten. Und nicht so eine sprach- und lieblose Zweckgemeinschaft führten, wie sie es aus ihrem Elternhaus kannte.

Als sie beide wieder einmal erschöpft nebeneinander im Bett lagen – Oskar rückte immer so weit wie möglich an die Bettkante, platzte es aus ihr heraus. »So geht das nicht weiter. Du musst mit mir reden! Ich halt das nicht mehr aus. So können wir nicht weiterleben.«

Er schwieg und starrte in die Dunkelheit.

»Hast du mich verstanden? Ich weiß, es ist schwer für dich. Aber für mich auch. Wie stellst du dir das denn vor?«

»Ich weiß, Marie. Es ist schwer. Aber ich kann dir nicht erzählen, was ich da alles gesehen habe.«

»Du musst aber!«

»Das kann ich nicht.«

»Du musst aber reden. Erstens, weil es für dich gut ist. Aber auch, weil ich deine Frau bin und immer für dich da sein will. Wenn du mir aber nichts erzählst, dann kann ich das nicht.«

Und dann fing Oskar stockend an zu reden, ganz langsam, Satz für Satz, manchmal wurde seine Stimme so leise, dass Marie ihn kaum verstand. Er erzählte von kilometerlangen Gräben, die sie mit ihren Schaufeln ausheben mussten, nur um dann tagelang untätig darin zu liegen. Er versuchte, die Kälte zu beschreiben, die einem die Füße absterben ließ, und den Hunger, der einen von innen aufzufressen schien. Von den Ratten, die zwischen ihnen hin und her liefen und jeden Tag dreister wurden. Von den toten Kameraden, die sie aus den Gräben schleppten und notdürftig verscharrten.

»Und weißt du was? Als mich die Kugel getroffen hat und ich gemerkt hab, dass alles voll Blut ist, da war ich auf einmal richtig froh. Ich hab gedacht, jetzt kann ich sterben und es ist endlich vorbei.«

Marie hielt die ganze Zeit seine Hand und sagte nichts. Doch nach diesem Satz konnte sie ihre Tränen nicht mehr zurückhalten, und endlich rückte Oskar näher an sie heran und beeilte sich zu sagen: »Aber dann hab ich an dich gedacht. An dich und den Kleinen, und da wusste ich, ich darf nicht sterben.« Erschöpft ließ er sich in die Polster sinken, und seine Stimme drang durch die Dunkelheit: »Und ich hab so schrecklich Angst, dass ich wieder zurück an die Front muss, wenn meine Schulter besser ist. Und die ist schon fast gut. Was mach ich nur, wenn sie mich wieder holen? Dann bring ich mich lieber um!«

»Versündige dich nicht! So etwas sagt man nicht. Wir müssen es verhindern.«

»Wie sollen wir das denn verhindern? Die ziehen doch jeden ein. Hast du nicht gehört, jetzt haben sie sogar den Jelinek aus dem dritten Stock geholt. Dabei ist der über fünfzig. Und ganz junge Buben, fast noch Schulkinder.«

»Du müsstest krank sein.« Marie stützte sich auf den Ellbogen und sah ihn nachdenklich an.

»Bin ich aber nicht. Mir geht's gut. Und der Schulter auch.« Wie um es zu demonstrieren, kreiste er mit dem Arm in der Luft und riss die kleine Nachttischlampe um, die scheppernd zu Boden fiel.

Friedrich, der gleich daneben im Kinderbettchen lag, weinte einmal kurz auf, drehte sich ächzend auf die andere Seite und schlief zum Glück wieder ein.

»Ich werde mir was einfallen lassen«, flüsterte Marie.

»Was denn? Willst du mir einen Finger abschneiden? Oder mich ein bisschen vergiften?«

»Ich werde mit Fanni reden, ihr Vater muss uns helfen.«

»Wie soll der denn helfen?« Oskars Stimme war ganz verzagt.

»Ich weiß es auch nicht. Aber der kennt doch so viele Leute, die Einfluss haben.«

»Ach, du. Ich glaube nicht, dass sein Einfluss so groß ist. Aber ich geh nicht mehr an die Front.« Und plötzlich begann Oskar zu weinen, er schluchzte wie ein kleines Kind, und Marie konnte nichts tun, außer ihn fest im Arm zu halten. Irgendwann beruhigte er sich, und da nahm sie ihren ganzen Mut zusammen und küsste ihn vorsichtig. Es war der erste richtige Kuss seit Monaten, und zunächst antwortete er nur zögernd, doch dann klammerte er sich wie ein Ertrinkender an sie, schlüpfte unter ihre Decke, und sie liebten sich, wie sie es zuvor noch nie getan hatten. Nicht zaghaft und schüchtern, sondern heftig und mit all ihren Gefühlen, es war, als würde ihrer beider Verzweiflung ein Ventil suchen, über das sie sich entladen konnte. Irgendwann kamen sie zu sich, der kleine Friedrich war nun doch aufgewacht und wimmerte in seinem Bett. Nachdem Marie ihn beruhigt hatte, schliefen Oskar und Marie das erste Mal seit langer Zeit wieder eng aneinandergeschmiegt ein.

Es war zwar nicht alles gut in den nächsten Tagen, aber doch ein bisschen besser. Als sie am Morgen vom fröhlichen Plappern des Kindes geweckt wurden, stand Oskar auf und holte den kleinen Fritz in ihr Bett. Das hatte er seit seiner Rückkehr nicht mehr getan, überhaupt hatte er den Kontakt zu dem Kind auf ein Minimum reduziert. Marie hatte nie etwas gesagt, ihm keine Vorwürfe gemacht, ihn zu nichts gezwungen. Nur manchmal hatte sie ihm das Kind wie beiläufig auf den Schoß gesetzt mit den Worten: »Kannst du ihn kurz halten?« Und dabei natürlich bemerkt, dass Oskar seinen Sohn wie ein Stück Holz steif im Arm hielt. Sie war so unglücklich bei diesem Anblick, dass sie es immer seltener versuchte. Wo war nur die Liebe hin, die ihr Mann diesem Kind am Anfang entgegengebracht hatte? Es war, als hätte er eine Mauer um sich hochgezogen, die niemand überwinden konnte, nicht einmal sein eigener Sohn.

Nun lagen sie um sechs Uhr früh im warmen Bett, zwischen ihnen ihr Kind, das fröhlich mit den Beinen strampelte, als sein Vater es am Bauch kitzelte. Marie spürte das erste Mal seit Langem wieder so etwas wie Zuversicht. An diesem Morgen schmeckte sogar der Haferbrei, den sie wie immer mit viel Wasser zubereitet hatte. Sie gingen gemeinsam in die Buchhandlung und bereiteten alles vor, obwohl auch an diesem Tag nicht viel Kundschaft kommen würde.

Ein paar Tage später wusste Marie es bereits. Ihre Brüste spannten, der Rücken tat weh, und als sie Fritzi fütterte, wurde ihr so übel, dass sie ihn rasch ins Bettchen setzte und auf die Toilette rannte. Sie war verzweifelt. Wie hatte das nur passieren können? Oskar und sie hatten sich monatelang kein einziges Mal berührt oder geküsst. Und dann das eine Mal aus purer Verzweiflung! Das war doch nicht möglich. Der kleine Friedrich war gerade ein Jahr alt, ihr Mann schwermütig und das Land mitten in einem Krieg. Am Anfang hatte es geheißen, der Krieg würde in ein paar Monaten vorbei sein, doch nun war fast ein ganzes Jahr vergangen, und es sah nicht so aus, als wäre ein rasches Ende in Sicht. Was sollte sie da mit einem zweiten Kind anfangen? Wo es auch jederzeit sein konnte, dass Oskar wieder einrücken musste und dann womöglich nie mehr wiederkam. So viele Männer kehrten nicht wieder zurück, von vielen wusste man nicht mal genau, wo sie gestorben waren.

Als Friedrich aufgewacht war, zog sie ihn an, legte ihn in den Kinderwagen und ging rüber in die Buchhandlung auf der anderen Straßenseite.

»Du hast dich aber schick gemacht? Was hast du denn vor?« Marie strich über ihr gutes Kleid und nahm den Hut ab. »Ich … ich wollte die Fanni besuchen. Oder brauchst du mich heute?«

»Nein, nein, geh nur. Ihr habt euch lange nicht gesehen. Ich komme schon allein zurecht.«

»Sicher?«

»Ganz sicher, meine Liebe. Mach dir keine Sorgen. Es wird alles gut werden, wir haben doch uns.« Er kam hinter dem Tresen vor und legte ihr eine Hand auf die Wange. »Danke.«

»Wofür bedankst du dich?«

»Dass du mich gezwungen hast zurückzukommen. Es wird alles wieder gut werden, ich verspreche es dir.«

»Ja, ich weiß.« Marie setzte ihren Hut auf und verließ rasch das Geschäft.

Die Buchhandlung der Familie Gold, direkt am Wiener Graben, war umgeben von anderen Traditionsgeschäften und zehnmal so groß wie ihre kleine Vorstadtbuchhandlung in Währing. Normalerweise waren immer viele Kunden in der Buchhandlung. Auch berühmte Leute kauften bei den Golds ein; Politiker, Schauspieler, Dichter gingen ein und aus. Doch mittlerweile war auch hier der Krieg angekommen, alle hatten weniger Geld, und die, die noch genug hatten, keinen freien Kopf zum Lesen.

Noch vor einem halben Jahr war Marie sich wie ein kleines Mädchen vorgekommen, wenn sie das Geschäft betreten hatte, doch heute schob sie den Kinderwagen selbstbewusst durch die Tür. Die verkaufen auch einfach Bücher, genau wie wir, nur halt ein bisschen mehr, dachte sie und ließ ihren Blick über die Regale wandern.

»Wie kann ich helfen, gnä' Frau?«

Immer noch war Marie ein wenig irritiert, wenn sie jemand mit »Gnä' Frau« anredete. Dabei war sie doch eine! Zumindest äußerlich. Das Kleid hatte ihre Nachbarin für sie genäht, aus einem aufgetrennten Kleid der verstorbenen Schwiegermutter. Es war zwar gebraucht, sah aber aus wie neu. Den Hut hatte sie von Fanni zum Geburtstag bekommen. Wahrscheinlich kostete er so viel, wie Marie damals als Kindermädchen in einem Monat verdient hatte. Sie war verheiratet, hatte einen Sohn und betrieb zusammen mit ihrem Mann eine Buchhandlung. Als er an der Front gewesen war, hatte sie den Laden sogar ganz allein geführt. Es war also nur recht, dass der Angestellte im großen Geschäft sie mit »Gnä' Frau« ansprach.

»Grüß Gott. Ich möchte gerne zu Frau Gold. Ist sie da?«

»Ja, sie ist oben im Büro. Wen darf ich melden?«

»Marie Nowak.«

»Gut, Frau Nowak, ich komme gleich wieder.«

Der Angestellte legte die Bücher, die er gerade in seinen Händen hielt, auf einen Tisch, und Marie unterdrückte den Impuls, den Stapel geradezurücken. Fast musste sie lachen, aus ihr war schon eine richtige Buchhändlerin geworden. Und plötzlich schien es ihr wichtig, dass dieser ältere graue Herr, der hier Bücher hin und her schlichtete, wusste, dass sie nicht einfach nur eine »gnädige Frau« war, sondern eine Kollegin. Sie nahm das oberste in die Hand und strich über den Umschlag.

»Haben Sie ihn schon gelesen?«

»Pardon?« Der Buchhändler hatte sich gerade abgewandt und drehte sich jetzt wieder zu ihr um.

»Na, den neuen Gustav Meyrink? *Der Golem*? Wie finden Sie ihn denn? Sie sind doch hier Buchhändler, oder?«

»Äh, ja, selbstverständlich. Ich bin gestern Abend damit fertig geworden, und ich muss sagen, na ja, ein bisschen seltsam, fast gruselig. Ich meine, sehr spannend und unheimlich, ich konnte gar nicht aufhören zu lesen.«

»Ja, genauso ging es mir auch. Bemerkenswert ist schon, woher dieser Meyrink seine Fantasie hat. So etwas muss einem erst mal einfallen.«

»Tja, da haben Sie recht.«

»Mein Mann hat gesagt, der war bis vor Kurzem noch Kaufmann, so wie wir, und plötzlich über Nacht wird er zum Schriftsteller?«

Fritzi hatte in seinem Wagen zu weinen begonnen, und Marie nahm ihn auf den Arm. Sofort hörte er auf, blickte sich neugierig um, und der Buchhändler lachte: »Na, das wird wohl der Nachwuchs. Sehen Sie nur, wie interessiert er schaut.«

»Na ja, er ist schließlich ein Buchhändlersohn.« Marie versuchte, ihre Stimme nicht allzu stolz klingen zu lassen, der ältere Kollege lächelte ihr wissend zu und verschwand über die kleine Treppe, die vom hinteren Bereich der Buchhandlung nach oben in die Büroräume führte.

»Meine Liebe! Was machst du denn hier? Und der kleine Fritzi ist auch da.« Fanni eilte die Stiege hinunter, nahm Marie das Kind ab und drückte es an sich. Friedrich grinste sie zahnlos an und griff mit seinen Händchen in ihre Haare.

»Aua, du Unhold«, lachte Fanni. »Hat dir keiner gesagt, dass man so keine jungen Damen rumkriegt?«

»Entschuldige, dass ich dich störe, so mitten unter der Woche. Du hast sicher viel zu tun.«

»Ach, ich freue mich, mein Vater und ich versuchen gerade, uns den katastrophalen Umsatz schönzureden.«

»Ja, bei uns ist auch so wenig los. Wer braucht schon Bücher in Zeiten wie diesen? Ist dein Vater oben?«

»Ja, willst du ihn besuchen? Jetzt bin ich aber beleidigt, ich dachte, du kommst zu mir.«

»Ja, eh. Aber ich glaube, wir brauchen ihn auch.«

»Du bist heute aber geheimnisvoll. Na gut, gehen wir rauf, er freut sich sicher, dich zu sehen.«

Der alte Gold sprang von seinem Schreibtischsessel auf, als die beiden Frauen das Büro betraten. »Welch eine Freude, dich zu sehen, Marie! Wie geht es dir? Dünn bist du geworden, esst ihr genug? Wie geht es Oskar?«

Wie immer, wenn Marie den alten Herrn sah, durchströmte sie ein Gefühl von Wärme. Er war so ein gütiger, lieber Mensch, und ohne seine Hilfe hätte sie die Monate, nachdem Oskar eingezogen worden war, wohl nicht überstanden. Schließlich hatte sie kaum Zeit gehabt, sich einzuarbeiten, und als Oskar fort war, trug sie plötzlich die Verantwortung für das Geschäft. Herr Gold hatte ihr damals einen pensionierten Kollegen vermittelt, der Marie unterstützte – ehrenamtlich, wie er immer betonte –, doch Marie wusste, dass er von der Familie Gold bezahlt wurde. Die Buchhandlung Gold übernahm auch den gesamten Einkauf der neuen Bücher, die dann fix und fertig zu Marie nach Währing geliefert wurden.

»Gut geht's uns, danke!«

»Na, das klingt aber recht verzagt. Was ist los, kann ich helfen?«

»Du hast uns schon so viel geholfen, Jakob. Ich trau mich gar nicht, dich um noch etwas zu bitten.« Immer noch kam es Marie unerhört vor, den alten Mann mit seinem Vornamen anzusprechen, aber er hatte immer wieder darauf gedrängt und ihr lachend angedroht, nicht mehr mit ihr zu sprechen, wenn sie ihn weiterhin siezte.

»Raus damit, mein Mädchen. Du weißt, ich stehe immer in deiner Schuld. Schließlich warst du es, die mir meine Tochter wieder zurückgebracht hat.«

»Ach, das stimmt doch nicht. Die wäre auch allein wiedergekommen.«

»Da bin ich mir nicht so sicher, oder, Fanni?«

»Ach, die Marie war schon ein guter Grund, wieder ins Leben zurückzukehren.«

Wenn man Fanni so ansah, konnte man sich kaum vorstellen, dass sie noch vor ein paar Monaten in einer Anstalt gewesen war und man nicht genau gewusst hatte, ob sie den Schritt in ein normales Leben wieder schaffen würde. Gut sah sie aus, ihre Augen leuchteten, die Haare sprangen aus ihrem lockeren Zopf, und obwohl sie alle in diesen schlechten Zeiten zu blass und zu dünn waren, sah Fanni lebensfroh aus. Und vor ein paar Wochen hatte sie angedeutet, dass sie sich eventuell verliebt hatte, doch Marie traute sich nicht nachzufragen. Dass Fanni keinen Mann suchte, sondern die Gesellschaft von jungen Damen bevorzugte, war für Marie trotz aller Verbundenheit unvorstellbar.

»Also, Marie, wie kann ich dir helfen?« Jakob deutete auf den einen freien Sessel, doch Marie blieb stehen.

»Also, der Oskar ist ja jetzt schon ein paar Wochen zu Hause.«

»Ja, wie geht es seiner Schulter?«

»Seiner Schulter geht's gut. Das ist ja das Problem.«

»Wie meinst du das?« Der alte Gold lachte auf.

»Na ja, sie ist so gut wie geheilt, und jetzt hat der Oskar Angst, dass er wieder an die Front muss.«

»Verstehe. Das ist vermutlich auch nicht unrealistisch. Die ziehen alles ein, was zwei Beine hat. Ich kann von Glück reden, dass sie mich alten Zausel nicht holen.«

»Ja, aber er kann nicht mehr an die Front!« Maries Stimme wurde unwillkürlich laut, Jakob und Fanni Gold sahen sie erstaunt an, das Baby auf Fannis Arm begann zu weinen.

Marie nahm ihren Sohn an sich und setzte sich dann doch auf den einzigen Stuhl, der nicht voller Bücher war. »Er hat gesagt, er bringt sich um, wenn er noch einmal einrücken muss. Er geht daran kaputt. Jakob, hilf uns bitte!«

»Wie kann ich denn helfen? Ein alter jüdischer Buchhändler! Wir können ihn ja schließlich nicht verstecken, oder?«

»Nein, aber ich habe gehört, es gibt auch hier kriegswichtige Aufgaben. Im Ministerium? Schreibarbeiten? Archivtätigkeiten? Hast du nicht von irgendwelchen Schriftstellern erzählt, die da arbeiten? Die sind auch nicht alt, oder?«

»Ja, ich habe gehört, dass Stefan Zweig im Kriegsarchiv arbeitet. Und der Hofmannsthal im Kriegsfürsorgeamt.«

»Ja, genau! Das muss doch für einen Buchhändler auch gehen.«

»Ich glaube nicht, meine Liebe. Er müsste untauglich sein.« Jakob Gold stützte seinen Kopf auf und blickte gedankenverloren aus dem Fenster.

»Das ist ja das Problem. Er ist gesund. Die Schulter kann er fast wieder wie vorher bewegen.«

»Wir müssten ihn halt krank machen.« Jakob Gold strich nachdenklich über seinen Bart.

»Jetzt schau nicht so erschrocken, mein Kind. Ich tu ihm schon nichts, deinem Oskar. Aber ich habe gerade eine Idee. Du gehst jetzt mit der Fanni Kaffee trinken, und ich telegrafier meinem Bruder nach Mariazell.« Herr Gold hatte es plötzlich eilig, die beiden aus dem Büro zu bekommen. Sie liefen die Stufen hinunter, den glucksenden Fritz im Arm. Am Treppenabsatz rannten sie fast eine Dame mit ausladenden Hüften um, entschuldigten sich flüchtig, schnappten den Kinderwagen, den

Marie neben der Eingangstür stehen gelassen hatte, und traten in die warme Maisonne. Der Graben lag in wunderschönem Licht, es herrschte reges Treiben, und wenn man es nicht gewusst hätte, hätte man nie geahnt, dass ein paar Hundert Kilometer weiter ein schrecklicher Krieg tobte, in den sie alle verwickelt waren, ja, den sie sogar vom Zaun gebrochen hatten.

»Los, wir gehen ins Café Korb. Ich geb einen Apfelstrudel aus.«

»Lass uns einen kleinen Umweg gehen, dann schläft er vielleicht ein und wir haben Ruhe.«

Und tatsächlich, als die beiden im Kaffeehaus angekommen waren, war Friedrich im Kinderwagen eingeschlafen und sie bestellten Melange und Apfelstrudel.

»Was glaubst du hat er vor, dein Vater?«

»Ich weiß es nicht. Aber es fällt ihm sicher was ein, ganz bestimmt. Mach dir keine Sorgen.«

Marie stocherte mit der Gabel in ihrem Apfelstrudel. Schließlich gab sie sich einen Ruck und sagte: »Das ist aber nicht alles, worüber ich mir Sorgen mache.«

»Was denn noch?«

»Ich glaub, ich bin in anderen Umständen.«

»Nein! Was heißt, du glaubst?«

»Na ja, eigentlich weiß ich es. Ich spür's halt.«

»Das ist aber kein guter Zeitpunkt.«

»Das weiß ich auch!« Marie erschrak selbst über die Heftigkeit ihrer Stimme. »Entschuldige. Weißt du, wir haben nie … Oskar hat mich gar nicht mehr berührt, so kaputt, wie er war. Nur am Montag, in der Nacht, da haben wir endlich geredet, und er hat geweint und dann haben wir …«

»Montagnacht?« Fanni lachte auf. »Du Dummerchen, Montag, das war ja erst vor vier Tagen, dann kannst du es ja noch gar nicht wissen.«

»Doch, ich spür es. Das war beim Fritzi auch so. Ich hab es sofort gespürt. Gleich am nächsten Tag.«

»Jetzt beruhige dich erst einmal. Das muss gar nichts heißen.«

Marie hatte zu weinen begonnen, und Fanni legte die Arme um sie.

»Ach Liebchen, es wird schon nichts sein. Jetzt wartest du ein, zwei Wochen, und du wirst sehen, dass du dir das nur eingebildet hast. Jetzt iss deinen Strudel.«

Marie ließ sich beruhigen, vielleicht hatte Fanni ja recht und es war gar nichts. Aber wenn sie auf den Teller mit dem Apfelstrudel blickte, zog sich ihr Magen zusammen, und sie legte die Gabel wieder auf den Tisch. Vielleicht hatte sie sich doch nur einen Virus eingefangen.

Ein paar Tage später kam Oskar am Abend vom Geschäft nach Hause und ließ sich erschöpft auf die Küchenbank fallen. »Der Jakob Gold hat mich angerufen, er will am Abend zu uns kommen.«

»Mein Gott, ich hab gar nichts vorbereitet! Wir haben kein Essen für ihn, nur noch die Reste vom Bohneneintopf.«

»Ich weiß, ich hab ihm auch gesagt, dass wir nicht für einen Besuch eingerichtet sind, aber er hat gesagt, es sei wichtig. Da, ich hab noch einen Wecken Brot mitgebracht, den schneiden wir auf, und dann wird's schon reichen.«

Aber Jakob Gold wollte gar nichts essen. Er setzte sich an den gedeckten Tisch und nahm das Stück Brot, das ihm Marie angeboten hatte, biss aber nicht davon ab, sondern zerbröselte es zwischen seinen Fingern.

»Hört zu. Ihr schließt am Samstag den Laden und fahrt nach Mariazell. Die Zugfahrkarten sind hier.« Er holte ein Kuvert aus seiner Anzuginnentasche und schob es über den Tisch. Marie und Oskar starrten darauf und sagten erst mal nichts. Oskar räusperte sich. »Was machen wir denn in Mariazell?«

»Zunächst werdet ihr euch ein wenig erholen. Ihr geht spazieren, vielleicht sogar ein bisschen wandern. Ihr wohnt wieder im Dachzimmer bei meinem Bruder.«

»Ja, aber warum? Warum sollen wir denn ausgerechnet jetzt nach Mariazell?«

»Am Sonntagabend wirst du dann einen Schwächeanfall haben. Du stürzt in der Wohnung, und mein Bruder bringt dich ins Hospital.«

»Ich versteh gar nichts. Jakob, was ist mit dir? Geht's dir gut?« Oskar schüttelte den Kopf.

»Mir geht's gut, aber das Problem ist, dass es dir viel zu gut geht. Schau dich doch an! Die holen dich bald wieder, und dann?«

»Dann fliehe ich und werde mich verstecken.«

»Unsinn. Niemand kann sich verstecken. Du kommst vors Kriegsgericht, und dann gnade dir Gott.«

»Ich weiß. Aber was hat das mit Mariazell zu tun?«

»Du musst da hin, weil ich hier keinen Arzt kenne, der dir ein schwaches Herz oder die heilige Krankheit oder sonst etwas attestieren würde.«

Oskar verstand noch immer nicht und schüttelte den Kopf. »Mein Herz ist vollkommen in Ordnung. Und ich hatte noch nie einen Epilepsieanfall.«

»Bub, manchmal bist aber schon ein bisschen begriffsstutzig. Eine Schulter, die ein bisschen zwickt, oder ein Schnupfen schützt dich nicht davor, wieder an die Front zu müssen.«

»Und dein Herr Bruder ist Primarius in Mariazell«, Marie flüsterte fast. »Das heißt, wenn Oskar dort einen Zusammenbruch hat, dann kommt er dort ins Spital und der Herr Doktor Gold stellt die Diagnose.«

»Jawohl, junge Frau. Sehr richtig. Er ist informiert und erwartet euch morgen Nachmittag.«

»Aber das geht doch nicht!« Oskar war aufgesprungen. »Jakob! Das ist Betrug!«

»Na ja, sagen wir so: Ganz legal ist es nicht. Aber wer weiß, vielleicht hast du ja wirklich ein schwaches Herz, nur hat man es bis jetzt nicht bemerkt. Mein Bruder ist ein ausgezeichneter Diagnostiker.«

Am nächsten Tag packten sie eine kleine Reisetasche und fuhren zum Westbahnhof. Obwohl sie beide äußerst angespannt waren, dachten sie an ihre erste Fahrt nach Mariazell.

»Weißt du noch, wie aufgeregt wir waren?«

»Ich werde es nie vergessen.« Wehmütig dachte Marie daran, wie verliebt sie gewesen waren. Wie Oskar die ganze Zeit ihre Hand gehalten und versucht hatte, sie zu beruhigen, obwohl er sicher nicht weniger aufgeregt gewesen war als Marie. Dieses Gefühl der Unwirklichkeit, das sie damals gehabt hatte, die Angst, das alles wäre nur ein seltsamer Traum – sie konnte sich noch so gut daran erinnern. Auf dieser Zugfahrt hatte sie die ganze Zeit geredet. Marie hatte Oskar auf jede Kuh neben den Bahngleisen hingewiesen und stundenlang Belangloses erzählt, nur um vor ihrem frisch angetrauten Ehemann ihre Unsicherheit zu verbergen.

Es war ihre Hochzeitsreise, damals, vor fast zwei Jahren, sie waren sehr durcheinander gewesen, aber davon überzeugt, das Richtige getan zu haben, und hatten voller Zuversicht in ihre gemeinsame Zukunft geblickt. Nun war Krieg, von Zuversicht war gerade wenig zu spüren, und obwohl Marie die tiefe Vertrautheit, die sie in Oskars Nähe empfand, zu schätzen wusste, vermisste sie die Verliebtheit von früher.

In St. Pölten blieb der Zug eine ganze Weile stehen. Viel länger, als der Aufenthalt im Fahrplan stand, denn auf dem Bahnsteig hatte sich eine Menschenmenge versammelt: Frauen in Tracht und mit Blumenkörben und eine kleine Musikkapelle. »Jeder Schuss ein Russ, jeder Stoß ein Franzos, jeder Tritt ein Britt, jeder Klaps ein Japs …« drang durch die Fensterscheiben, und dann stürmte ein Trupp Soldaten ins Abteil. Oskar versank in seinem Sitz, geradeso, als würde er sich schämen, dass er hier in Zivilkleidung mit Frau und Kind in den »Urlaub« fuhr. Manche der jungen Männer wirkten wie Schulbuben, mit akkurat geschnittenen Haaren und dünnem Bartflaum sahen sie erwartungsvoll aus dem Fenster, als würden sie in ein Pfadfinderlager reisen. Der Zug fuhr wieder an, die Marschmusik wurde leiser, doch die Soldaten brauchten keine Kapelle, um ihre Lieder weiterzugrölen. Oskar und Marie blickten stumm aus dem Fenster.

Der Kutscher des Primarius Gold holte sie am Bahnhof ab und brachte sie in das herrschaftliche Stadthaus des Arztes direkt im Ort. Da stand auch schon Frau Blum, die Haushälterin, und begrüßte sie wie zwei alte Bekannte. Sie nahm Marie den kleinen Friedrich ab und hielt ihn von sich gestreckt: »Jö, da ist ja der süße, kleine Mann! Ganz der Papa! Und die schönen Haare, schau dir das an.«

Obwohl Friedrich Fremden gegenüber normalerweise misstrauisch war, lachte er Frau Blum fröhlich an.

»Euer Zimmer ist schon fertig. Und für den Kleinen gibt es ein Extrabettchen. Geht's euch frischmachen, der Herr Doktor erwartet euch zum Abendessen in der Goldenen Krone. Halb acht.«

»Ach, Frau Blum, es ist schön, Sie wiederzusehen! Danke, dass wir wieder hier sein dürfen.«

»Mir müsst ihr nicht danken, dem Herrn Primarius gebührt der Dank. Aber ich freu mich, euch wohlauf zu sehen, in so schlimmen Zeiten. Ich hab gehört, Sie wurden an der Front verwundet, Herr Oskar?«

»Ja, aber es geht schon wieder. Möge dieser Krieg doch bald aufhören.«

»Wem sagen Sie das! Aber die sind ja alle ganz narrisch. Die Burschen hier in Mariazell, sie alle wollen so schnell wie möglich in den Krieg ziehen, obwohl sie fast noch Kinder sind … Gut, dass du noch so klein bist, gell, Fritzi?«

»Ich kann mir gar nicht vorstellen, wie man das als Mutter aushält, wenn der Sohn in den Krieg muss.« Marie nahm Friedrich wieder an sich.

»Da haben Sie recht. Zum Glück hab ich nur Töchter. Da hast zwar auch immer ein G'scher, aber wenigstens werden sie dir nicht totgeschossen. Übrigens, ich hüte gern das Kind, wenn ihr am Abend mit dem Herrn Gold essen geht. Dann könnt ihr ungestört reden.«

»Das ist reizend, Frau Blum. Danke! Und du wirst ganz brav ins Bett gehen, mein lieber Friedrich. Sonst dürfen wir nicht wiederkommen.«

»Das lassen Sie mal meine Sorge sein. Ich hab schon so viele Kinder ins Bett gebracht, die schlafen bei mir von selber ein.«

Die Gaststube der Drei Hasen war bis auf den letzten Platz besetzt, und die beiden bahnten sich einen Weg durch lärmende Menschengruppen. Der Doktor saß ganz hinten in der Stube, sein Tisch stand ein wenig abseits und war als einziger mit einem weißen Tischtuch gedeckt. Der stattliche Herr, der seinem Bruder, dem Buchhändler vom Wiener Graben, wie aus dem Gesicht geschnitten war, stand auf und begrüßte sie herzlich. Oskar und Marie waren ein wenig verlegen, schließlich war das keine Urlaubsreise, auf der man einen alten Freund besucht. Sie wussten beide nicht so recht, wie sie sich verhalten sollten.

»So, jetzt bestellen wir alle was zu essen und eine schöne

Flasche Wein. Schaut nicht so betroffen, ich freu mich, dass wir uns wiedersehen. Wie geht's dem Kleinen?«

»Gut geht es ihm. Sehr gut. Die Frau Blum ist so nett und hütet ihn heute Abend. Ich hoffe, er macht keine Schwierigkeiten.«

»Da müsst ihr euch keine Sorgen machen. Die macht das schon. Wie alt ist er jetzt?«

»Ein bisschen über ein Jahr. Er hat schon zwei Zähne, und seine ersten Schritte ist er vor zwei Monaten gegangen«, berichtete Marie stolz.

»Wenn ich das richtig ausrechne, dann ist euer Friedrich ja ein Mariazeller Kind? Oder irre ich mich?«

»Ja, vielleicht.« Marie wurde rot. Oskar lachte und sagte: »Das ist die gute Luft hier.«

»Ja, und weil es so schön heilig ist. Hier entsteht nur Gutes.« Der Doktor stimmte in Oskars Lachen ein, Marie wurde noch röter.

»Na, jetzt schauns nicht so gschamig, Frau Marie! Ich bin Arzt, ich weiß, wie ein Kind entsteht.«

»Ja, da haben Sie recht, Herr Doktor. Ich dachte nur …«

Marie hatte Oskar ihren Verdacht noch immer nicht mitgeteilt, sie hoffte nach wie vor, dass sie sich vielleicht doch geirrt hatte oder aber das Problem sich von selbst löste.

Sie sprachen den ganzen Abend über mehr oder weniger Belangloses, über ihren Plan verloren sie kein Wort. Doktor Gold erzählte Anekdoten aus dem Krankenhausalltag, und sie unterhielten sich über ihr Leben in der Stadt und ihren Alltag als Buchhändler, der in Kriegszeiten nicht gerade einfacher geworden war. Er fragte sie über seine Nichte Fanni aus, war froh, dass sie sich wieder so erholt hatte, und wollte von Marie wissen, ob es denn immer noch keinen Verehrer für die junge Frau im besten Alter gab.

»Mir hat sie nichts erzählt, aber wer weiß …?«, antwortete Marie ausweichend.

Der Abend verging wie im Flug, und obwohl Marie ein wenig übel war, ließ sie sich den Tafelspitz schmecken. Noch nie hatte sie so ein feines Fleisch gegessen, sie ärgerte sich, dass sie die Portion nicht schaffte und Oskar den Teller hinschieben musste.

»So, meine Lieben, und jetzt reden wir über unseren kleinen Plan«, sagte Doktor Gold um kurz nach elf und goss den letzten Schluck Rotwein in Oskars Glas.

»Ihr geht jetzt schlafen und stellt euch den Wecker auf sechs Uhr früh. Oskar, Sie bleiben im Bett und atmen so flach wie möglich. Ich will, dass Sie schlecht und blass aussehen. Marie, Sie machen richtig Lärm und schreien durchs Stiegenhaus, dass es Ihrem Mann schlecht geht. Dass er das Bewusstsein verloren hat und sein Puls rast. Es muss glaubwürdig sein, schaffen Sie das?«

»Ich weiß es nicht. Ich bin schließlich keine Schauspielerin.«

»Ich weiß, aber es ist wichtig. Frau Blum ist zwar eine Seele von Mensch, aber sie darf keinen Verdacht schöpfen. Sonst weiß es nächste Woche die halbe Stadt.«

»Ja, ich werde es schon können.«

Als sie der Wecker um sechs Uhr früh aus dem Schlaf riss, beugte Marie sich über Oskar und flüsterte: »Bist du bereit?«

Der verdrehte die Augen, sodass man fast nur noch das Weiße sah, und atmete flach. »Ja, los geht's.«

Da riss Marie die Tür zum Flur auf und schrie so laut sie konnte: »Hilfe, Hilfe, so helf uns doch jemand! Oskar atmet nicht mehr! Er bekommt keine Luft! Hilfe!«

Es dauerte keine drei Minuten, da polterte Frau Blum durch

das Stiegenhaus. Sie hatte einen Schlafrock über das Nachthemd gezogen, ihre Haare standen wirr vom Kopf ab, und sie rannte laut schnaufend die Treppe rauf. »Was ist denn los, um Gottes Willen, Frau Marie, was ist denn?«

»Mein Mann, er sieht so komisch aus. Und er wollte aufstehen, da ist er zusammengebrochen. Ich weiß nicht, was ich tun soll.«

Inzwischen war auch Friedrich aufgewacht und schrie laut in seinem Kinderbett. Er hatte sich an den Stäben hochgezogen und streckte die Arme nach Marie aus. Die nahm ihn raus, drückte ihn an sich und versuchte ihn zu beruhigen. Oskar hatte sich in der Zwischenzeit auf den Boden gelegt, seine Beine waren seltsam verdreht, und er sah wirklich erbärmlich aus.

»Jessas, Maria und Josef!« Frau Blum schlug die Hände zusammen, dann nahm sie die Decke aus dem Bett und legte sie über Oskars leicht zuckenden Körper. »Wir müssen den Herrn Doktor wecken.«

»Das ist nicht notwendig, ich bin schon da. Gehen Sie aus dem Weg.«

Doktor Gold war unbemerkt ins Dachzimmer getreten, er war vollständig angekleidet und scheuchte Marie und Frau Blum mit einer Handbewegung zur Seite. »Gehen Sie raus, machen Sie Platz, und nehmen Sie das schreiende Kind mit, da kann man ja keinen klaren Gedanken fassen.«

Marie drückte ihren weinenden Sohn an sich und warf beim Hinausgehen noch einmal einen Blick auf ihren am Boden liegenden Mann. Er spielte seine Rolle perfekt; wenn sie es nicht besser gewusst hätte, hätte sie geschworen, dass er todkrank war.

»Was für ein Glück, dass das hier passiert ist. Wo der Doktor gleich im Haus ist und das Spital so nah.« Frau Blum legte Marie den Arm um die Schultern und führte sie in die Küche. »Wir trinken jetzt erstmal einen Tee, der Herr Doktor wird sich schon um alles kümmern. Machen Sie sich keine Sorgen, das wird schon wieder.«

Marie hatte sich inzwischen so hineingesteigert, es schien, als hätte sie vergessen, dass das alles nur gespielt war. Die Tränen kamen wie von selbst, und ihr Herz klopfte vor Aufregung. Kurze Zeit später steckte der Doktor seinen Kopf durch die Tür. »Er ist wieder bei Bewusstsein. Wir bringen ihn ins Spital, und dann wird er gründlich untersucht.«

Der Doktor musste ihm ein Schlafmittel verabreicht haben, denn als Oskar wieder zu sich kam, war es bereits später Nachmittag. Rund um sein Bett war ein Vorhang, und als er vorsichtig rausspähte, sah er sechs weitere belegte Betten in einem großen Krankenzimmer. Jemand hatte einen Becher Tee auf seinen Nachttisch gestellt, er trank einen großen Schluck und wartete, was nun weiter passieren würde. Der Patient neben ihm hustete rasselnd, ein anderer stöhnte in regelmäßigen Abständen laut auf.

Am frühen Abend brachte ihm eine Krankenschwester ein Tablett mit Essen: eine dünne Suppe, in der vier Karottenstücke schwammen, und ein Stück Brot mit Margarine.

»Jetzt essen Sie ein bisschen, und dann schlafen Sie. Der Herr Doktor kommt morgen in der Früh. Wenn etwas ist, dann klingeln Sie, ich habe Nachtdienst und bin gleich nebenan.«

»Kommt der Herr Doktor Gold heute nicht mehr?« Oskars Stimme klang ganz belegt, und er räusperte sich.

»Nein, der musste noch zu einem anderen Notfall. Er hat am Nachmittag nach Ihnen geschaut, aber da haben Sie geschlafen wie ein Murmeltier.«

Es war eine der längsten Nächte seines Lebens. Oskar lag wach, schaute immer wieder auf die große Wanduhr über der

Tür und hatte das Gefühl, die Zeiger würden sich gar nicht bewegen. Er versuchte, an schöne Dinge zu denken, an Marie und seinen kleinen Sohn, an die Wanderungen, die sie anlässlich ihrer Hochzeitsreise hier unternommen hatten. In Gedanken sagte er sich immer wieder vor, dass alles gut werden würde. Doch der Geruch und die Geräusche in diesem Zimmer versetzten ihn in seine Zeit im Lazarett, im Geist hörte er die Schreie der Verwundeten, und er bildete sich ein, den Gestank von verbranntem Fleisch in der Nase zu haben. Am liebsten wäre er aufgestanden und hätte das Spital mitten in der Nacht verlassen.

»Guten Morgen, Herr Nowak.«

Oskar schreckte aus einem unruhigen Schlaf. Der Vorhang war zur Seite gezogen, und vor seinem Bett stand Herr Doktor Gold, hinter ihm zwei junge Ärzte und eine Krankenschwester.

»Haben Sie gut geschlafen? Wie geht es Ihnen? Das sind meine Kollegen, Herr Doktor Peters und Herr Doktor Brandauer, wir machen eine kurze Visite, dann lassen wir Sie weiterschlafen. Was Sie jetzt brauchen, ist vor allem Ruhe.«

Doktor Gold setzte seine randlose Brille auf und öffnete die Mappe, die er unter dem Arm gehalten hatte.

»Patient: Oskar Nowak, neunundzwanzig Jahre alt, wohnhaft in Wien. Keinerlei bekannte Vorerkrankungen. Kriegsverletzung an der linken Schulter, abgeheilt.

Wurde gestern früh mit akuter Atemnot und Ohnmacht aufgefunden und eingeliefert. Die Untersuchung gestern ergab folgenden Befund: Ödematöse Beinschwellung, Rasselgeräusche in der Lunge, Atemnot, verbreiterte Herzgrenze, Riva Rocci 170/110. Behandlung: regelmäßiger Aderlass, viel Ruhe, salzarme Diät. Wir behalten den Patienten noch drei Tage zur Beobachtung in der Klinik und überweisen ihn dann an die Kollegen in der Hauptstadt. Herr Nowak, haben Sie noch Fragen?«

»Nein, Herr Doktor«, antwortete Oskar und hoffte, dass seine Stimme kraftlos genug klang.

Da zog Doktor Gold rasch den Vorhang wieder zu und wollte zum nächsten Patienten wechseln, doch einer der jungen Kollegen hielt ihn auf. »Können wir den Patienten nicht noch einmal untersuchen, Herr Primar? Ich würde gerne die Herzgeräusche hören.«

»Herr Doktor Peters, Sie zweifeln doch nicht an meiner Diagnose? Der Fall ist eindeutig, und wir haben genug zu tun.«

Der junge Arzt hob die Augenbrauen, sah Oskar zweifelnd an und verließ mit seinen Kollegen das Krankenzimmer.

Nach drei Tagen im Mariazeller Krankenhaus kam Oskar zurück nach Wien, in der Tasche ein ärztliches Attest, das ihm eine angeborene Herzrhythmusstörung und eine gefährliche Insuffizienz bescheinigte. Es folgten drei endlos lange Wochen, bis endlich der Brief der Stellungsbehörde eintraf. Darin stand schwarz auf weiß, dass Oskar sich zu seinem neuen Dienst im Kriegspressearchiv melden solle. An dem Tag, als das langersehnte Schreiben endlich ankam, fasste sich Marie ein Herz und erzählte ihrem Ehemann, dass sie ein weiteres Kind erwartete. Sie wusste genau, dass auch er den Zeitpunkt nicht günstig fand, doch er umarmte sie und flüsterte ihr leise ins Ohr: »Ich freu mich. Wir machen das schon.«

»Ich hab dich lieb«, sagte Marie und hoffte, dass Oskar ihre dunklen Gedanken der letzten Wochen nicht erahnen konnte.

Februar 1916

NATÜRLICH WUSSTE MARIE von Möglichkeiten, ungewollten Nachwuchs verschwinden zu lassen. In den ersten Wochen hatte sie ständig schwere Bücherkisten getragen, doch bis auf heftige Rückenschmerzen hatte es keine Wirkung gehabt. Irgendwo hatte sie gelesen, dass Petersilie helfen konnte, doch wo sollte man mitten im Winter Kräuter herbekommen?

Angeblich gab es drüben in Ottakring eine Hebamme, die sich darauf verstand, Schwangerschaften abzubrechen. An einem dieser gar nicht so seltenen Tage, als ihr Haushaltsbudget wieder einmal nur Kartoffeln und ein wenig Milch zuließ und Oskar aus Rücksicht auf sie und den Kleinen so getan hatte, als hätte er keinen Hunger, hatte sie kurz daran gedacht, diese Frau aufzusuchen.

Sie wusste, es wäre eine große Sünde. Die allergrößte. Obwohl sie seit ihrer Hochzeitsreise in Mariazell in keiner Kirche mehr gewesen war, dachte sie nach wie vor oft an den Gott ihrer Kindheit, der damals in ihrem Kopf immer über allem geschwebt, alles gesehen und irgendwie auch auf sie aufgepasst hatte. Selbst in den dunkelsten Stunden hatte sie fest an seine Existenz geglaubt. Erst in den letzten beiden Jahren waren ihr manchmal Zweifel über die Allmächtigkeit und Güte dieses Gottes gekommen. Wie konnte er da sein und zuschauen, wie die Menschen sich zugrunde richteten?

Doch eine Abtreibung kam für Marie noch aus einem anderen Grund nicht infrage: Sie wusste, wie gefährlich es war. Niemals würde sie vergessen, wie sie vor ein paar Jahren das

Dienstmädchen der Schnitzlers in ihrer Kammer gefunden hatte. Damals hatte Sophie reglos in ihrem eigenen Blut gelegen, und hätte der Herr Doktor sie nicht so rasch im Spital untergebracht, wäre sie wohl nicht mehr am Leben. Marie sah noch immer vor sich, wie das Blut das Wasser im Putzkübel tiefrot gefärbt hatte.

Bis sie die ersten Kindsbewegungen gespürt hatte, damals im Herbst 1915, hatte sie noch gehofft, sie würde eines Morgens aufwachen und das »Problem« hätte sich von selbst erledigt. Und jedes Mal, wenn sie so etwas gedacht hatte, hatte sie ein furchtbar schlechtes Gewissen gehabt, dass sie so wenig Freude über ein weiteres Kind empfand. Oskar verließ jeden Tag das Haus, um im Kriegspressequartier seinen Dienst zu versehen, und Marie versuchte, die Buchhandlung am Laufen zu halten. Wenn er abends wiederkam, kümmerte er sich um Bestellungen und die Buchhaltung. Sie waren beide ständig müde und deprimiert.

Zwei Wochen vor dem errechneten Geburtstermin kam die Hebamme zu ihnen und untersuchte Marie. Draußen hatte es seit Tagen minus zehn Grad, und immer wieder schneite es. Die Buchhandlung hatten sie vor zwei Wochen geschlossen, Marie konnte einfach nicht mehr, außerdem kamen immer weniger Kunden. Durch die Schwangerschaft hatte sie geschwollene Beine, und der Rücken tat so weh, dass sie nicht wusste, wie sie liegen, geschweige denn stehen sollte. Ihre Ersparnisse waren fast komplett aufgebraucht, und Oskars Sold reichte kaum zum Überleben. Hätte ihnen nicht Jakob Gold hin und wieder unter die Arme gegriffen, sie hätten nicht gewusst, wie sie über die Runden kommen sollten.

»Das schaut gar nicht gut aus. Das Kind liegt verkehrt.« Die Hebamme drückte so fest auf Maries Oberbauch, dass diese erschrocken aufschrie. Friedrich, den sie in sein Kinderbett gesetzt hatte, protestierte leise weinend.

»Wie? Verkehrt?«

»Na, mit dem Hintern nach unten. Nicht mit dem Kopf. So kann das nicht rauskommen, da unten. Jedenfalls nicht leicht.«

»Und was heißt das?«

»Na ja, ich versuch es zu drehen. Aber das ist wahrscheinlich zu spät, es ist zwar nicht recht groß, aber ich glaub, das geht nicht mehr. Wenn es sich nicht umdreht, müssen Sie zum Entbinden ins Spital.«

Ohne Vorwarnung drückte sie noch mal mit beiden Händen fest auf ihren Bauch, und Marie biss die Zähne zusammen.

»Ganz ruhig, Kindchen, entspannen Sie sich, ganz locker lassen.«

Sie massierte in kreisrunden Bewegungen Maries Bauch, und als diese die Tränen nicht mehr zurückhalten konnte, hielt die Hebamme inne und sah sie streng an.

»Was ist denn, Kindchen? Rauskommen tun sie alle. Ist ja auch reingekommen. Das kommt öfter vor, das ist nicht so schlimm.«

»Ja, aber wir können uns die Klinik gar nicht leisten! Und ich kann doch nicht weg hier! Was mach ich denn mit dem Kleinen?«

»Den geben Sie zu seiner Großmutter oder zu einer Nachbarin. Wenn alles gut geht, dann sind Sie in vier Tagen wieder zu Hause.«

»Und wenn es nicht gut geht?

»Tja, darüber machen Sie sich jetzt keine Sorgen.« Sie zog Maries Kleid mit einer raschen Bewegung hinunter. »Da rührt sich leider gar nichts. Ich komm in ein paar Tagen wieder. Versuchen Sie sich viel zu bewegen. Gehen Sie spazieren, putzen Sie die Wohnung. Manchmal bringt das die Sache in Schwung.«

Die Hebamme verließ die Wohnung, und Marie legte sich erschöpft auf das zerschlissene Sofa in der Küche. Fritzi hatte inzwischen resigniert, sich hingelegt und den Daumen in den Mund gesteckt. Wie fast immer in diesem Winter hing ihm der Rotz aus der Nase, Marie ignorierte es und hoffte, dass er einschlafen würde.

Spazieren gehen. Wohnung putzen. Wie sollte sie das schaffen? Sie hatte nicht mal die Kraft, jeden Abend etwas zu kochen, und wenn sie den kleinen Friedrich nicht hätte versorgen müssen, wäre sie einfach den ganzen Tag im Bett geblieben. Sie war so erschöpft, dass sie immer nur schlafen wollte, es war, als entzöge ihr das Ungeborene jegliche Energie. Marie legte sich die Hände auf den Leib und drückte ein wenig. Da spürte sie eine Bewegung des Kindes, ganz zart, wie ein Flügel, der gegen die Innenwand ihres Bauches strich, und sie drückte sanft dagegen. Wieder antwortete das Kind mit einer Regung. Marie lag ganz still und bewegte nur ganz sachte die Hände, so als streichle sie das Baby durch den Bauch hindurch. Da spürte sie zum ersten Mal so etwas wie Freude. »Wir schaffen das schon, meine Kleine. Wirst sehen, du kommst da raus, und alles wird gut.« In diesem Moment war sie sicher, dass es ein Mädchen werden würde.

Es war bitterkalt im Zimmer, und trotz der drei Decken wurde Marie nicht richtig warm. Oskar schnarchte leise neben ihr, und Fritz hatten sie in ihre Mitte gepackt, aus Angst, er könnte in seinem Kinderbett erfrieren. Marie lag auf dem Rücken, sie konnte sich nicht auf die Seite drehen, sonst hätte sie den Kleinen mit ihrem mächtigen Bauch erdrückt.

Sie war gerade erst weggedämmert, als plötzlich ein mächtiger Schmerz durch ihren Körper schnitt. Im Versuch, einen Schrei zu unterdrücken, entwich ihr ein lautes Stöhnen. Oskar fuhr hoch. »Was ist? Geht es los?«

»Ich glaub schon. Es tut so weh. Wie spät ist es?«

»Wart, ich mach Licht. Fünf Uhr früh.«

»Warten wir noch ein bisschen. Vielleicht hört es wieder auf.«

»Nein, wir warten nicht. Du hast doch gehört, was die Hebamme gesagt hat. Wenn das Kind verkehrt liegt, ist es gefährlich.«

»Aber was sollen wir denn jetzt tun? Mit dem Fritzi? Wenn ich ins Spital muss.«

»Marie, das haben wir doch schon alles besprochen. Ich ruf jetzt die Ambulanz, und die bringen dich in die Klinik. Am Morgen geb ich den Fritzi bei den Golds ab. Die freuen sich schon. Und dann muss ich arbeiten gehen. Und wenn ich wieder da bin, hast du ein wunderschönes Kind geboren.«

Marie konnte nicht antworten, die nächste Wehe ließ sie fast ohnmächtig werden.

An die Fahrt ins Krankenhaus konnte sie sich danach nicht mehr erinnern, sie wusste nur noch, dass sie in einer Wehenpause langsam mithilfe der Sanitäter die Stufen runtergegangen war. Sie hatte die verzweifelten Rufe ihres Sohnes gehört, der natürlich aufgewacht war und nach seiner Mama schrie. Noch nie hatte sie solche Angst gehabt.

Zwei kräftige Sanitäter trugen sie durch das Treppenhaus des Krankenhauses und brachten sie in einen großen Saal. Mehrere Betten waren durch Vorhänge voneinander getrennt, und Marie hörte von allen Seiten Stöhnen, hin und wieder ertönte ein lauter Schrei. Eine junge Krankenschwester reichte Marie einen Becher warmen Tee und strich ihr die verschwitzten Haare aus der Stirn. Gerade als sie das Gefühl hatte, sich ein wenig erholt zu haben, fuhr erneut der Schmerz durch ihren Körper, und sie erbrach sich in einem großen Schwall auf den Boden. »Es tut mir leid«, flüsterte sie, und da wurde ihr auch schon das Nachthemd nach oben gerissen, und jemand drückte ihre

Beine weit auseinander. Die nächsten Stunden zogen an Marie vorbei wie ein endloser Alptraum. Sie spürte, wie jemand mit einem kalten Metallteil in ihren Unterleib fuhr, hin und wieder blickte sie nach unten und sah die sorgenvolle Miene eines Arztes, der nicht aufblickte. Das Einzige, was sie am Leben hielt, war die Krankenschwester, die ihr immer wieder mit einem nassen Lappen über das Gesicht strich und ihr die Lippen befeuchtete. Marie konzentrierte sich irgendwann einfach nur noch auf die Augen der jungen, hübschen Frau und dachte: Wenn sie weggeht, dann sterbe ich.

Marie erwachte, weil einer der Schwestern eine blecherne Schale aus der Hand gefallen war und mit lautem Krach zu Boden fiel. Kurz wusste sie nicht, wo sie sich befand, doch als sie die anderen Betten und den grauen Linoleumboden sah, erinnerte sie sich wieder. Sie hatte gerade ein Kind bekommen. Ihr Schoß brannte, als hätte jemand mit einem Messer darin herumgeschnitten. Sobald sie den Kopf auch nur ein bisschen anhob, wurde ihr schwarz vor Augen. Am liebsten wäre sie einfach wieder eingeschlafen, doch plötzlich erfasste sie Panik. Wo war das Kind? Sie wusste nur noch, wie sie es mit aller Kraft herausgepresst hatte, danach setzte ihre Erinnerung aus. War es gestorben? Missgestaltet?

»Entschuldigung!« Ihre Stimme war zu leise, die Krankenschwester reagierte nicht.

»Entschuldigung!« Sie versuchte es erneut, ihre Kehle tat weh, als hätte sie eine schwere Halsentzündung.

»Ja? Oh, Sie sind wach, Frau Nowak. Wie geht es Ihnen?«

»Ich weiß nicht. Ich kann mich an nichts erinnern. Und alles tut so weh.«

»Das ist kein Wunder. Es war eine schwere Geburt, der Arzt hat Ihnen Morphium gegeben, das hätte ein Kutschpferd umgehauen.« Sie zog Marie ein wenig hoch und schüttelte das Kissen auf. »Na, jetzt ist ja alles vorbei. Wollen Sie Ihr Butzerl gar nicht sehen? Es ist ein Mädchen. Pumperlgesund, nicht besonders kräftig, aber alles dran.«

Ein paar Minuten später hielt Marie ein kleines Mädchen mit einem dichten Haarschopf im Arm.

»Halten Sie sie einfach ein bisschen. Ich komme dann noch mal, und wir versuchen, ihr die Brust zu geben.«

Das winzige Geschöpf, das in ihrer Armbeuge lag, hatte ein makelloses Gesicht, nicht wie Fritzi damals, der war ganz zerknautscht und schrumpelig gewesen. Wie aus einem feinen Holz geschnitzt sah sie aus und lag still bei Marie, sah sie mit großen, dunklen Augen unverwandt an. Ihr Blick hatte so gar nichts Kindliches, sie sah ein wenig nachdenklich aus und sehr ernst.

»Es tut mir so leid«, flüsterte Marie. »Bitte verzeih mir, dass ich dich nicht haben wollte.«

Da schloss das Baby die Augen, und auch Marie war so erschöpft, dass sie wieder eindöste, ihren Arm fest um das Kind gelegt.

Sie spürte, wie ihr jemand das warme Bündel aus den Armen wand, und schreckte aus dem Schlaf hoch. In ihrem Traum war sie in ihrer Kammer im Dachgeschoss der Schnitzlervilla gelegen, und die kleine Lili im Nebenzimmer hatte laut nach ihr gerufen, sie aber konnte sich nicht bewegen, konnte nicht einmal die Augen öffnen. Als sie zu sich kam, sah sie nur noch den Rücken der Krankenschwester, die gerade zur Tür hinauswollte.

»Entschuldigen Sie bitte, Schwester? Kann ich mein Kind nicht behalten?«

Doch die Schwester reagierte nicht, Maries Stimme war nicht mehr als ein Flüstern, der Krankensaal war riesig, und so wurde das Baby einfach weggetragen.

»Hast es eh lang gehabt, sei froh, dass du noch ein bisserl Ruh hast.« Das Bett nebenan war nur durch ein kleines Nachtkästchen von dem ihren getrennt, und die Frau darin lehnte sich auf ihren Arm und beugte sich neugierig in Richtung Marie. »Das wievielte ist es denn?«

»Das zweite. Der Bruder ist noch recht klein.«

»Na, dann schlaf dich aus, zu Hause kommst eh nicht mehr dazu, mit zwei Gschrappn.«

»Wie lange sind Sie denn schon da?« Marie hatte eigentlich keine Lust zu reden, wollte einfach nur die Augen schließen und weiterschlafen, doch unhöflich wollte sie auch nicht sein.

»Drei Tage. Aber ich will noch ein bisschen bleiben.« Sie senkte Ihre Stimme. »Ich tu einfach, als könnt ich nicht aufstehen. Dann können sie mich nicht heimschicken.«

»Ich will schnell wieder heim.« Marie seufzte, dachte an den kleinen Fritzi und wie er geweint hatte, als die Sanitäter sie abtransportiert hatten.

»Ich hab vier Buben daheim, in einer Zweizimmerwohnung. Und einen Mann, der lieber im Wirtshaus sitzt als zu Hause. Obwohl ... wenn der auch noch z'Haus wär, hätten wir noch weniger Platz. Dem haben sie gleich in den ersten Kriegsmonaten ein Bein weggeschossen, seitdem ist er zu gar nichts mehr zu gebrauchen.« Sie legte den Kopf zurück und zog sich die Decke bis zum Kinn. »Ich bleib also da, bis sie mich rausschmeißen.«

»Aber wer passt auf Ihre Buben auf, wenn Sie hier sind?«

»Die sind in der Kinderpflegeanstalt. Da kriegen sie wenigstens was Warmes zu essen, und die Läuse verschwinden vielleicht auch. Und jetzt hab ich wieder einen Buben, ich sag's dir, schön langsam kann ich nimmer.«

Ihre Bettnachbarin schaffte es wohl nicht, die Ärzte von ihrer Schwäche zu überzeugen, sie wurde am nächsten Tag entlassen, und eine Stunde nachdem das Bett frisch bezogen worden war, brachten die Pfleger ein Mädchen mit blassem und verweintem Gesicht. Sie war höchstens sechzehn, wahrscheinlich noch jünger, und obwohl sie sich unter der Decke verkroch, war ihr lautes Weinen im ganzen Saal zu hören. Nach einer Stunde schrie eine Frau aus der Fensterreihe, sie solle doch bitte sofort aufhören alle zu tyrannisieren, schließlich sei sie nicht die Einzige, die hier Kummer habe. Marie bekam ihr kleines Mädchen alle drei Stunden ans Bett, um ihm die Brust zu geben, die junge Frau blieb den ganzen Tag allein. Entweder war ihr Kind bei der Geburt verstorben oder die Fürsorge hatte es gleich nach der Entbindung abgeholt.

Obwohl Marie kaum gehen konnte und auch das Sitzen ihr große Schmerzen bereitete, widersprach sie nicht, als der Arzt, der sie bei der Visite nur flüchtig ansah, verkündete, dass sie am nächsten Tag entlassen werden würde. Es wird schon irgendwie gehen, dachte sie, Hauptsache, ich bin wieder zu Hause bei Oskar und Friedrich.

Am nächsten Morgen zwang sie sich, das Frühstück aufzuessen, das aus einem dünnen Tee und einer altbackenen Semmel mit Margarine und einem Klecks Marmelade bestand. Wer weiß, ob es daheim etwas gab, sie wollte nicht völlig ausgehungert das Krankenhaus verlassen. Die kleine Tochter übergaben sie ihr in eine raue Decke gewickelt, und als sie mit dem Bündel im Arm aus dem Krankenhaus trat, wehte ihr ein eisiger Wind entgegen, und es schneite in kleinen Flocken, die wie Nadelstiche auf ihrer Haut brannten. Sie drückte das Baby noch enger an sich.

»Sie werden abgeholt«, hatte eine unfreundliche Schwester zu ihr gesagt und ihr beim Aufstehen und Anziehen geholfen. Sie war grob und ungeduldig, anscheinend wurde das Bett gleich wieder gebraucht. Marie unterschrieb auf einem Blatt Papier, ohne einen Blick darauf zu werfen.

»Muss ich nichts bezahlen?«, fragte sie leise, und die Schwester schüttelte den Kopf. »Ist schon beglichen worden.«

Die Tür schloss mit einem dumpfen Laut, und Marie blickte sich um. Hatte sie überhaupt Geld dabei? Sie konnte sich nicht mehr erinnern, was Oskar alles für sie eingepackt hatte, als sie vor vier Tagen so schnell ins Krankenhaus gekommen war. Sie würde jetzt einfach eine Droschke nehmen und vor der Buchhandlung halten. Dann konnte Oskar die Fahrt bezahlen. Kurz überlegte sie, welcher Wochentag heute war, hoffentlich nicht Sonntag, dann war das Geschäft ja gar nicht geöffnet.

Plötzlich hörte sie Stimmen, und dann sah sie die zwei Gestalten, die durch den Schnee auf sie zurannten und winkten. »Marie! Marie! Wir sind hier!«

»Schau mal, mein Kind. Das sind dein Vater und die Tante Fanni. Jetzt wird alles gut«, flüsterte sie ihrer neugeborenen Tochter ins Ohr und trat entschlossen in den tiefen Schnee.

In der Droschke drängten sich alle drei auf den Rücksitz, Marie saß mit dem Kind auf dem Schoß in der Mitte und versuchte, ihr Gewicht so zu verteilen, dass sie die Schmerzen nicht so spürte. Oskar strich abwechselnd dem Baby und seiner Frau übers Gesicht und flüsterte immer nur: »Ich bin so froh, dass es euch gut geht. Und dass ich euch hab.«

In der kleinen Wohnung war es schön warm, Oskar musste den Herd schon vor Stunden angemacht haben, und Marie verbiss sich die Frage, wie er denn zu der Kohle gekommen war. Fanni brachte sie ins Kabinett, half ihr, die Schuhe abzustreifen, und zog ihr den Mantel aus. Marie ließ sich erschöpft auf die Kissen fallen und schloss für einen Moment die Augen. Oskar hatte das Kind durchs Stiegenhaus getragen, bisher hatte es tief und fest geschlafen, doch nun öffnete es mit einem Ruck die Augen, sah ihm ins Gesicht und fing jämmerlich an zu weinen. Es klang ganz anders als bei Friedrich damals, der hatte immer laut und fordernd gebrüllt. Bei ihrer kleinen Tochter war es eher ein leises Wehklagen. Oskar wickelte das Kind vorsichtig aus der Decke und legte es Marie in den Arm. »Ich glaube, sie hat Hunger.«

»Woher weißt du denn, dass es ein Mädchen ist?«

»Ja, was glaubst du denn, was ich die letzten Tage gemacht hab? Ich hab vor dem Spital gewartet, bis alles vorbei war, erst stand ich draußen in der Kälte, dann hat mich ein gnädiger Portier reingelassen. Sie haben versucht, mich wegzuschicken, aber ich war so lästig und bin so hartnäckig geblieben, dass sie irgendwann aufgegeben haben. Und schließlich ist eine Schwester gekommen, die hat mir gesagt, dass es euch gut geht und dass ich eine kleine Tochter habe.«

»Ja, natürlich ist es ein Mädchen.« Marie lachte leise auf und verzog sofort vor Schmerz das Gesicht.

»Was heißt hier natürlich?«

»Na, weil ich das von Anfang an gewusst hab.«

Oskar nahm den Säugling noch einmal vorsichtig hoch und schaute ihn ungläubig an. »Sie ist so schön. Schau mal, dieses Gesicht!«

»Das ist, weil sie verkehrt herum rauskam. Deswegen ist ihr Gesicht nicht zerdrückt.«

»Möchtest du einen Namen aussuchen? Friedrich war ja meine Wahl.«

»Sie heißt Rosa«, sagte Marie bestimmt, als hätte nie etwas anderes zur Debatte gestanden.

Oskar nickte nur, vergrub seine Nase in den dunklen Haaren seiner Tochter und reichte sie wieder seiner Frau. »Willkommen, kleine Rosa. Schön, dass du da bist.«

Oktober 1918

DREI LANGE JAHRE hatten sie große Angst gehabt, dass Oskar wieder einrücken müsste. Jedes Mal, wenn Post gekommen war, hatte Marie die Briefe hektisch durchgeblättert. Wenn keiner mit dem Wappen drauf dabei war, sprach sie ein stilles Gebet. Doch der Primarius Gold erneuerte jedes Jahr seinen Befund, und Oskar saß seinen Dienst in der Schreibstube des Kriegspressequartiers ab. Er war dort sicher, leistete keine gefährliche oder schmutzige Arbeit, und doch fühlte sich Oskar mit jedem Tag, an dem er Namen in Listen eintrug oder Berichte über die heldenhaften Taten der Soldaten verfasste, erbärmlicher. Immer wieder sprach er mit Marie über sein schlechtes Gewissen all jenen gegenüber, die da draußen in den Schützengräben ihr Leben ließen, während er sicher in der warmen Schreibstube saß und Propaganda-Artikel verfasste.

Allen war klar, dass der Krieg nicht mehr allzu lange dauern konnte, das änderte aber nichts an der Tatsache, dass das Leben von Tag zu Tag schwieriger wurde. Es gab kaum etwas zu essen, und für die wenigen Dinge, die ihnen laut ihren Lebensmittelkarten zustanden, musste man sich stundenlang anstellen, um dann doch mit nicht mehr als ein paar Kartoffeln und gelben Rüben heimzukommen. Die kleine Rosa war ein schwächliches Kind, und Marie wollte sie so wenig wie möglich raus ins nasskalte Wetter mitnehmen. So war die Versorgung mit dem Notwendigsten eine Herausforderung. Die Buchhandlung hielt sie so lange wie möglich geöffnet, zumindest ein paar Stunden am Tag, doch immer öfter war sie den halben Tag auf der

Suche nach Lebensmitteln, sodass an Arbeit in der Buchhandlung nicht zu denken war.

Eines Nachmittags erzählte ihr die Hausbesorgerin, dass es drüben in Hernals ein Geschäft gab, das anscheinend noch Maisgries und Milch und sogar ein wenig Fleisch hatte, und so beschloss Marie, sich auf den Weg zu machen, um ihr Glück zu versuchen. Wahrscheinlich war alles längst wieder weg, wenn sie dort ankam, aber einen Versuch war es wert.

Es pfiff ein eisiger Wind, und es regnete in Strömen, also hatte sie dem kleinen Friedrich eingeschärft, brav bei seiner Schwester zu bleiben, nicht in die Nähe des Küchenherdes zu gehen und bloß nicht das Fenster aufzumachen. Die kleine Rosa sperrte sie kurzerhand ins Gitterbettchen, das sie in die Nähe des Ofens gerückt hatte.

»Fritzi, du bist brav und passt gut auf die Rosa auf! Und du darfst sie nicht aus dem Betterl heben, hörst du? Auf keinen Fall, auch wenn sie schreit.«

»Ja, Mama. Wann kommst du wieder?« Friedrich hatte irgendwo einen stumpfen Bleistift ergattert und kritzelte selbstvergessen auf einem Blatt Papier.

»Ich komme ganz bald wieder. Und dann gibt es auch was Gutes zu essen. Aber hör mir zu! Du musst ganz brav sein. Nicht das Roserl rausheben. Niemandem die Tür aufmachen, nicht zum Ofen gehen. Hast du das verstanden?«

»Sicher hab ich das verstanden. Ich bin doch schon groß. Schau, ich kann schon meinen Namen schreiben.« Er zeigte ihr stolz das Blatt, auf das er mit krakeliger Schrift spiegelverkehrt *Fitzi* geschrieben hatte.

»Du bist mein Großer, ich weiß! Ich beeile mich, und du bist brav.«

Der Weg war weiter, als sie dachte, Geld für die Tram hatte

sie keines, und als sie beim kleinen Lebensmittelgeschäft ankam, reichte die Schlange bis zum nächsten Häuserblock. Marie haderte mit sich. Sollte sie die Kinder wirklich so lange allein lassen? Oder lieber wieder heimlaufen – mit leeren Händen? Doch dann erinnerte sie sich an den vergangenen Abend, als beide Kinder vor Hunger geweint hatten, um dann endlich vor Erschöpfung einzuschlafen. Oskar und sie hatten jeweils mehrere Tassen heißes Wasser getrunken, um den knurrenden Magen zu beruhigen. Es wird nichts passieren, die Kinder sind zu Hause sicher, und heute würde sie etwas zu essen nach Hause bringen.

Nach über einer Stunde hatte Marie ein altbackenes Brot, einen nicht mehr ganz frischen Kohlkopf, ein halbes Kilo Maismehl, zwei Liter Milch und sogar ein kleines Stück Speck ergattert und rannte nach Hause. Als sie unten die Haustür aufschloss, schlug ihr schon das Geschrei entgegen, und sie flog förmlich die Treppe rauf. Hinter ihrem Rücken hörte sie, wie die alte Nachbarin die Wohnungstür aufriss und »Judenweib« zischte. Es ging ihr durch Mark und Bein. Beide Kinder saßen in Rosas Bettchen, Friedrich hatte den Küchensessel drangeschoben, um zu seiner Schwester zu klettern, die aus vollem Hals schrie und ihre dünnen Arme durch die Holzgitter streckte. Friedrichs von Rotz und Tränen verschmiertes Gesicht war voller roter Flecken, und der Geruch von Urin und Fäkalien lag in der Luft. Als Marie ihn heraushob, sah sie, dass seine Hose nass war und Rosa sich die Windel runtergerissen hatte. Der Inhalt war im ganzen Bett verschmiert, es stank bestialisch.

»Mein Gott, Fritzi! Was ist denn passiert?« Sie hob ihn hoch, und er drückte sein verweintes Gesicht an ihren Hals.

»Sie hat so furchtbar geweint! Und ich hab sie nicht beruhigen können. Und dann bin ich zu ihr geklettert, weil du gesagt hast, ich darf sie nicht rausholen. Aber sie hat nicht aufgehört.«

Mit dem freien Arm streichelte sie ihrer Tochter über den Kopf. »Ach, ihr zwei. Es tut mir so leid.«

»Ich hab geglaubt, du kommst nicht wieder. Und es war so kalt, und Hunger hab ich auch.«

»Ach, du Dummerchen! Natürlich komm ich wieder! Ich komm immer wieder. Ich lass euch doch nicht allein, ihr seid doch mein größter Schatz.«

Marie stellte ihren Sohn vorsichtig am Boden ab, und er schlang sofort die Arme um ihre Beine.

»Warte, Fritzi. Ich hol die Rosa raus. Und dann machen wir euch sauber.«

»Ich wollte nicht in die Hose machen, aber du hast gesagt, ich darf nicht aus der Wohnung gehen, und ich hab so dringend aufs Klo müssen.«

»Das macht doch nichts. Schau, wir ziehen euch um, und dann koch ich euch was. Es gibt Brot und Milch! Magst gleich ein Stück?«

Als Oskar nach Hause kam, war alles wieder in Ordnung. Marie hatte das Kinderbett frisch bezogen und wieder an seinen Platz gerückt, die Kinder waren gewaschen und umgezogen und saßen vor dampfenden Schüsseln mit Maisbrei. Sie freuten sich beide, den Vater zu sehen, Friedrich zeigte ihm stolz die Ergebnisse seiner Schreibübungen, und Rosa versuchte ihre Puppe mit Brei zu füttern. Nur als Marie die Küche verlassen wollte, um die Toilette im Halbstock aufzusuchen, begann Rosa sofort zu weinen. »Mama! Dableiben!«

»Hier riecht es ja köstlich!« Oskar hob den Deckel und atmete den aufsteigenden Dampf ein. »Was ist das?«

»Gefüllte Kohlblätter! Heute hab ich Glück gehabt beim Einkaufen.«

»Haben wir etwas zu feiern?«

»Ich glaub, ich hab die letzten zehn Deka Speck in der ganzen Stadt gekriegt. Das feiern wir!«

Nachdem sie sich endlich wieder einmal hatten satt essen können, waren die Kinder friedlich in ihre Betten gegangen und sofort eingeschlafen. Marie legte ihre Arme auf den Küchentisch, vergrub ihr Gesicht darin und begann zu weinen.

»Marie! Was ist los? Was hast du?« Oskar setzte sich zu ihr, legte seinen Arm um sie.

»Ich kann nicht mehr.«

»Was meinst du?«

»Ich kann das alles nicht mehr. Ich kann die Kinder nicht allein lassen.«

Und dann erzählte sie ihm mit erstickter Stimme von ihrem Nachmittag, dass sie viel zu lange weg gewesen war und wie sie die Kinder vorgefunden hatte. »Weißt du, der Fritzi, der ist doch immer so vernünftig, ein richtig großer Bub. Aber heute war er so verzweifelt! Er hat geglaubt, ich komm nicht wieder.« Vom dreckverschmierten Bettchen erzählte sie nicht, sie schämte sich zu sehr und hatte das Gefühl, komplett versagt zu haben. Bisher war sie immer so stolz gewesen, ihren Kindern eine gute Mutter zu sein und ihnen eine Kindheit wie ihre eigene zu ersparen. Kurz überlegte sie, mit Oskar eine Erinnerung zu teilen, und schwieg dann doch, die Scham war zu groß. Sie musste etwa fünf Jahre gewesen sein, höchstens sechs, doch sie erinnerte sich, als wäre es gestern gewesen.

Damals war sie vom lauten Schimpfen ihrer großen Schwester Anna aufgewacht, mit der sie sich das Bett teilen musste. Und dann hatte sie auch schon das nasse Laken gespürt und gemerkt, wie Anna sie angeekelt von sich wegschob. Marie war noch gar nicht richtig wach, da packte sie der Vater, zog sie grob aus dem gemeinsamen Bett, hielt sie weit von sich und trug sie in den Stall. Er ließ sie mitten in den Schweinekoben fallen und zischte: »Wenn du so ein Ferkel bist, dann ist das das richtige Bett für dich.« Marie hatte schreckliche Angst vor der großen Sau und drückte sich in eine Ecke, es stank furchtbar, und die dünne Strohauflage war voller Exkremente. Sie saß mit angezogenen Beinen ganz dicht an den Holzlatten und betete, dass das Schwein ihr nicht zu nahe kam. Irgendwann war sie dann doch eingeschlafen, sie erwachte vom Schein der Petroleumlampe. Die Mutter war in den Stall geschlichen. Doch sie holte sie nicht ins Haus, sondern warf ihr lediglich eine alte Decke über den Holzzaun und flüsterte: »Sei schön brav, morgen holt er dich wieder.«

Marie konnte Oskar nicht davon erzählen, sie war doch jetzt ein anderer Mensch, hatte dieses Elend und die Brutalität hinter sich gelassen. Sie wollte nicht, dass er solche Dinge über sie wusste. Sie musste allein damit fertigwerden – mit dem Gefühl, keine gute Mutter zu sein. Schließlich hatte sie ihre eigenen Kinder eingesperrt und sie im Dreck zurückgelassen.

Nur einen Monat später war der Krieg endlich vorbei! Offiziell wurde es als Waffenstillstand bezeichnet, aber allen war klar: Der Krieg war zu Ende, und das Land, in dem sie aufgewachsen waren, gab es nicht mehr. Fanni kam mit einer Flasche Wein zu ihnen nach Währing, sie waren in ausgelassener Stimmung. Der kleine Friedrich tat, als könne er lesen, tippte mit seinem Finger immer wieder auf die großen Buchstaben in der Zeitung und fragte seine Eltern: »Was steht da? Papa! Was heißt das? Mama! Was ist das für ein Buchstabe?«

»Fritzi, das heißt, dass der Krieg vorbei ist. Dass nicht mehr gekämpft wird und dass wir keine Angst mehr haben müssen.«

»Ich hab keine Angst. Ich bin groß und stark!« Der Vierjährige sprang auf die Küchenbank und hob seine schmächtigen Arme in die Luft. »Schau meine Muskeln an!«

»Ja, du bist groß und stark, ich weiß.« Oskar lächelte seinem Erstgeborenen zu, der alles andere als groß und stark war. Der dunkle Haarschopf stand in hartem Kontrast zu seinem blassen Gesicht. Er war schmächtig und dünn und auch ein gutes Stück zu klein für sein Alter. Dennoch schien er ein robuster Kerl zu sein. Nachdem er ein schwieriges Baby gewesen war, war er in den letzten Jahren nicht ernsthaft krank gewesen und hatte die Kriegsjahre ganz gut überstanden. Jetzt würde alles besser werden, auch wenn Oskar sich nicht genau vorstellen konnte, wie die Zukunft aussehen würde. Der Kaiser hatte abgedankt, Österreich war plötzlich ein winziges Land, und besonders in den Städten herrschte Hunger und Not. Doch zumindest war der Krieg vorbei, dieser Krieg, den alle am Anfang geradezu euphorisch begrüßt hatten. Erst nach und nach hatte man auch leise Stimmen dagegen vernehmen können. Oskar war immer ein Gegner dieses schrecklichen Gemetzels gewesen. Er hatte all die Jahre aufmerksam die Presse verfolgt und sich offen mit Kunden darüber unterhalten, ohne Angst vor Denunziation.

»Der Krieg war ein schwerer Fehler, er hat nur Verderben über die Menschen gebracht. Seht ihr, Stefan Zweig und ich wussten es schon immer!« Oskar lachte und tanzte mit der kleinen Rosa auf dem Arm durch die Küche. Oskar war ein glühender Verehrer von Stefan Zweig, und Fanni zog ihn immer damit auf: »Zu schwülstig und immer mit Herzschmerz. Und den Mut, so richtig gegen den Krieg zu schreiben, hat er auch nicht gehabt. Ganz anders Romain Rolland! Der hat sich immerhin was getraut.«

»Ja, nur kann hier niemand Französisch.«

»Hättest halt eine gescheite Schule besucht! Aber du musstest ja unbedingt Buchhändler werden.« Fanni und Oskar liebten es, sich gegenseitig aufzuziehen. Er warf Fanni immer ihre bourgeoise Erziehung vor, und Fanni konterte scharfzüngig mit seiner mangelhaften Schulbildung.

»Und Arthur Schnitzler?« Marie schaute fragend in die Runde.

»Der hat sich nie öffentlich geäußert. Feig oder geschickt, das kann man interpretieren, wie man will.«

»Aber Thomas Mann war dafür!« Oskar lachte Fanni triumphierend an, sie führten eine ständige Diskussion über das Werk von Thomas Mann.

»Manchmal kann sich auch Gott irren, und jetzt lasst uns feiern!« Fanni schenkte allen großzügig nach und zündete sich eine Zigarette an.

Februar 1919

FAST DREI MONATE war der Krieg nun schon zu Ende, und auch wenn Oskar sich nicht mehr vor einer Einberufung fürchten musste, hatte sich die Versorgungslage kaum verbessert. Kurz vor Weihnachten hatten sie voller Hoffnung die Buchhandlung aufgesperrt, der alte Herr Gold hatte ihnen wieder mal unter die Arme gegriffen und ihnen einen Teil der neuen Bücher zur Verfügung gestellt, doch Weihnachtsstimmung hatte nicht so recht aufkommen wollen, und auch das neue Jahr hatte bisher keine Erleichterung gebracht. Die Nahrung war nach wie vor streng rationiert, und am Schwarzmarkt wurden für ungeheure Summen Lebensmittel angeboten. Die Menschen wussten nicht, wie sie ihre Wohnungen heizen sollten, viele verfeuerten ihre alten Bücher, denn Kohle gab es kaum. Auch Marie und Oskar gingen fast jedes Wochenende in den nahen Wienerwald und sammelten das herumliegende Holz. Den Kindern verkauften sie es als Ausflug in die Natur. Friedrich stapfte tapfer viele Kilometer, ohne sich zu beschweren, Oskar band sich die kleine Rosa auf den Rücken, und im Kinderwagen lagen die wenigen Äste, die sie finden konnten. Doch es schien, als wäre die halbe Bevölkerung im Wald unterwegs, um Holz zu sammeln. Ans Bücherkaufen dachte niemand.

Es war ein bitterkalter Abend, als Oskar in der Gentzgasse eine Gestalt in einem zerlumpten Militärmantel sah. Oskar wandte den Blick ab und wollte rasch vorbeigehen, da trat ihm der Mann in den Weg und hielt fordernd eine schmutzige Hand auf. Oskar sah in sein Gesicht oder vielmehr in das, was noch davon übrig war. Anstelle der Nase zog sich eine schlecht verheilte Narbe über den Mund bis zum Kinn. Eine Wange war ganz hohl, die andere bläulich verfärbt, Oskar hatte noch nie so ein entstelltes Gesicht gesehen, und erst nach ein paar Sekunden realisierte er, dass er den Mann anstarrte wie ein seltenes Tier im Zoo. Er wandte den Blick von der Wunde und bemerkte, dass die Augen des Mannes erstaunlich jung wirkten, fast so, als würde ein Jugendlicher ihm keck ins Gesicht schauen. Immer noch hielt der Mann die Hand in seine Richtung, sprechen konnte er anscheinend nicht. Ohne darüber nachzudenken, griff Oskar in die Manteltasche und gab ihm sein ganzes Geld. Viel war es nicht. Marie hatte es ihm am Morgen mitgegeben, damit er auf dem Rückweg einkaufen konnte. Sie wollte nicht selbst gehen, sie hatte sich geschworen, die Kinder nie wieder alleine zu lassen. Außerdem wurde es jeden Tag schwieriger, an Lebensmittel zu kommen. Sie wussten von einem kleinen Laden in der Fuchsthallergasse, der noch ein bisschen Gemüse, Eier und hin und wieder sogar ein paar alte Hühner verkaufte.

Oskar kam an diesem Tag mit leeren Händen nach Hause, und als Marie ihn erwartungsvoll ansah, sagte er nur: »Ich hab nichts einkaufen können. Ich musste jemandem das Geld geben.«

Marie nahm ihm den Mantel ab und hängte ihn an den Kleiderhaken. Oskar ließ sich erschöpft auf die Küchenbank fallen, und Marie half ihm aus den schweren Stiefeln. Aus dem Schlafzimmer hörte man die Kinder leise sprechen. Marie sagte: »Wir haben noch Kraut und ein paar Kartoffeln. Da koch ich uns was Gutes.«

Oskar sah sie einfach nur an, und trotz Verzweiflung, Müdigkeit und Hunger fühlte er sich in diesem Moment wie ein glücklicher Mensch. Welches Wunder hatte ihm diese Frau geschickt?

Seit Tagen brütete er über den Kassenbüchern. Man konnte es drehen und wenden, wie man wollte, es ging sich hinten und vorne nicht aus. Wenn die Leute nicht bald wieder mehr Bücher kauften, konnte er die Buchhandlung nicht mehr lange halten. Dabei hatte er noch Glück, schließlich bezahlte er keine Miete für das Ladenlokal. Herr Stock hatte es als junger Mann von seinem Vater übernommen und es Oskar bei seinem Tod schuldenfrei vererbt. Wer hätte vor sechs Jahren gedacht, dass ein Krieg das ganze Land ins Verderben stürzen würde?

Nach dem kargen Abendessen überraschte ihn Marie mit einem Vorschlag: »Ich hab mir was überlegt.«

»Was denn?«

»Na ja, seit du nicht mehr im Kriegspressequartier arbeitest, haben wir noch weniger Geld.«

»Ja, ich weiß. Das wird schon wieder. Hauptsache, der Krieg ist endlich vorbei.«

»Eh. Trotzdem.«

»Auch die Buchhandlung wird wieder besser gehen, das dauert nur ein bisschen. Aber was hast du dir denn überlegt?«

»Ich würde schauen, ob ich irgendwo im Cottage putzen kann. Oder in der Küche helfen.«

»Nein, das möchte ich nicht!« Oskar war aufgestanden und blickte aus dem Fenster in den dunklen Innenhof.

»Was heißt, du möchtest das nicht?«

»Wir haben doch nicht geheiratet, damit du anderen Leuten den Dreck wegmachst. Du solltest es besser haben.«

»Damals wussten wir aber nicht, dass wir Krieg haben werden.«

»Das stimmt. Aber ich finde es trotzdem nicht gut.«

Marie trat an ihn heran und legte die Arme um ihn. »Ja, aber es wäre eine Möglichkeit, ein bisschen Geld dazuzuverdienen.«

»Ich könnte ja auch nebenbei noch arbeiten. Kohle liefern oder … ach … was weiß ich, irgendeine Arbeit würde ich schon finden.«

»Du sollst dich aber um die Buchhandlung kümmern. Die haben wir lange genug vernachlässigt. Wenn ich zweimal die Woche irgendwo putze, dann tut das doch niemandem weh.«

»Vielleicht hast du recht. Glaubst du, du findest was?« Endlich drehte sich Oskar um und blickte seiner Frau ins Gesicht.

»Ich geh morgen los und frage einfach rum.«

Oskar war nicht begeistert, gab seinen Widerstand aber rasch auf. Er wusste, wenn sich seine Frau etwas in den Kopf gesetzt hatte, konnte man sie nur äußerst schwer davon abhalten. Außerdem würde sie wahrscheinlich eh keine Stellung finden. Andererseits waren sie wirklich sehr knapp bei Kasse, und wenn Jakob Gold sie nicht immer wieder unterstützen würde, würden sie wohl kaum über die Runden kommen. Das konnte ja schließlich auch kein Dauerzustand bleiben.

In den letzten Monaten hatte Marie wenig davon gehabt, dass ihre Wohnung am Rande eines noblen Villenviertels lag, schon lange war sie nicht im Cottage gewesen. Es war bitterkalt, dennoch genoss sie den Gang durch die Straßen, die sie, obwohl sie von kahlen Bäumen gesäumt waren, immer wieder wunderschön fand.

Sie ließ sich treiben, klingelte erst mal nirgendwo. Natürlich hatte sie große Scheu, einfach so bei fremden Leuten anzuläuten und nach Arbeit zu fragen. Es war für Marie wie eine Reise in eine andere Zeit, die noch gar nicht so lange vorbei und trotzdem weit entfernt war. So viel war inzwischen geschehen. Sie kannte hier jedes Haus. Wie oft hatte sie mit der kleinen Lili Schnitzler Spaziergänge unternommen, ihren älteren Bruder Heini zu Freunden gebracht und nach ein paar Stunden wieder abgeholt. Sie ging am Haus der Familie Salten vorbei, wo sie oft in der weitläufigen Diele auf Heini gewartet hatte. Kurz überlegte sie, zu klingeln, ging dann aber doch weiter. Nachdem sie bei fünf Häusern ihr Glück versucht und sich nur Absagen eingefangen hatte, wurde es ihr zu kalt, und sie machte sich auf den Weg nach Hause.

Sie holte die Kinder bei Oskar in der Buchhandlung ab, ging nach Hause und machte sich erst mal ein heißes Fußbad. Neue Winterschuhe wären auch dringend notwendig, dachte sie und ließ sich müde aufs Sofa sinken.

Als Oskar am Abend heimkam, hatte sie in ihrer schönsten Schrift einen Zettel geschrieben. »Schau mal, das hängst du morgen in der Buchhandlung auf. Aber so, dass man es gut sieht.«

»Zeig mal her.«

»Ja, schau, ob ich alles richtig geschrieben hab.«

Junge, tüchtige Frau sucht Arbeit. Ein- oder zweimal die Woche. Putzen, Kochen, Kinder hüten und Servieren. Erfahrung vorhanden.

»Bist du sicher, dass du das wirklich willst?«

»Ja, warum denn nicht?«

»Ich weiß nicht. Ich will nicht, dass meine Frau putzen geht.«

»Ach, Oskar, wir haben das doch schon besprochen. Es ist doch nur für kurze Zeit. Das ist nicht schlimm, ein paar Stunden in der Woche.«

»Ich glaub, du brauchst ein Zeugnis. Ohne ein gutes Zeugnis bekommst du nie eine Stelle. Hast du eines?«

»Ein Schulzeugnis?«

»Nein, ein Arbeitszeugnis deiner letzten Stelle. Hat dir der Schnitzler keines geschrieben? Oder seine Frau?«

»Nein. Ich hab aber auch nicht danach gefragt. Zum Heiraten braucht man ja kein Zeugnis.«

»Ich fürchte, ohne Leumund wirst du keine Stelle bekommen.«

»Meinst du?«

»Ja, ich glaube schon.«

»Dann werde ich hingehen und fragen, ob er mir eines schreibt.«

»Na, du bist ja wild entschlossen. Traust dich das?«

»Warum sollte ich mich nicht trauen? Er war ja immer zufrieden mit mir.«

»Ja, hast eh recht.«

Zwei Tage später stand Marie vor dem Haus von Arthur Schnitzler in der Sternwartestraße und fühlte sich gar nicht mehr so mutig. Sollte sie einfach klingeln und nach dem Herrn Doktor fragen? Immerhin waren inzwischen über vier Jahre vergangen, und wahrscheinlich konnte er sich nicht einmal mehr an sie erinnern. Sie blickte durch den Gartenzaun auf die hell erleuchteten Fenster, und sofort hatte sie den Geruch des Hauses wieder in der Nase, hörte das Knacken der Holzscheite, wenn im Salon das Feuer angemacht wurde, und dachte an Annas köstlichen Topfenstrudel. Marie wünschte sich in diesem Augenblick nichts sehnlicher, als in dieser Küche zu sitzen, vor sich ein Häferl mit Kaffee und die kleine Lili auf dem Schoß. Sie schauderte, als würde sie aus einem Traum erwachen. Wie konnte sie nur so etwas denken? Sich in ein fremdes Haus wünschen, mit einem Kind, das nicht das ihre war? Was für eine Sünde und welche Undankbarkeit! Sie war eine verheiratete Frau, Mutter zweier Kinder, sie durfte nicht einmal denken, dass es ihr in ihrer Zeit als Kindermädchen bei der Familie Schnitzler besser gegangen war, dass sie ihr Leben, ihre Kinder, eintauschen würde gegen das Leben im Schnitzler-Haus, mit Kindern, die nicht ihre eigenen waren.

Gut, ihr Leben durchlief gerade eine schwierige Phase, aber die hatte sie schließlich schon öfter gehabt. War sie nicht so viel besser dran als die meisten anderen Frauen, die sie kannte? Die Mitzi zum Beispiel, zwei Häuser weiter, die musste mit drei Kindern aus der Wohnung ausziehen, weil ihr Mann nicht von der Front zurückgekommen war und sie den Zins nicht mehr zahlen konnte. Marie hatte keine Ahnung, wo sie jetzt war, wahrscheinlich war sie wieder zu ihren Eltern ins Burgenland gezogen. Oder die Frau Baumgartner, die immer versuchte, ihre blauen Flecken zu verbergen, obwohl jeder wusste, dass ihr Mann nicht mehr derselbe war wie vor dem Krieg. Er vertrank das wenige Geld beim Branntweiner und schlug seine Frau und die Kinder, wenn ihm etwas nicht passte.

Dagegen war ihre Situation doch geradezu ausgezeichnet: Sie hatte eine Wohnung, zwei gesunde Kinder und den besten Ehemann der Welt. Sie hatten schon so viel geschafft, gemeinsam würden sie auch diese harten Zeiten überstehen.

Marie holte tief Luft, strich mit der Hand einmal über das Gitter des Gartenzauns und wollte gerade klingeln, als plötzlich die Tür aufging und eine hagere Gestalt in dunklem Kleid einen Aschekübel auf den Treppenabsatz stellte. Die Frau richtete sich auf, und ihr Blick fiel auf Marie, die unbeweglich vor dem Gartentor stand.

»Kann ich Ihnen helfen?« Die Stimme klang nicht freundlich.

»Äh, nein danke, ich wollte nur … ach, entschuldigen Sie bitte.« Marie war so in ihren Gedanken versunken, dass sie kurz den Faden verloren hatte.

»Wir geben nichts, und Arbeit haben wir auch keine«, sagte die Frau unwirsch und schlug die Haustür schwungvoll zu. Marie straffte die Schultern und drückte das Kreuz durch. Dabei dachte sie an Fanni, die sie ständig ermahnte, aufrecht zu stehen und das Kinn anzuheben. »Denk daran! Du bist eine Königin! Und die haben auch alle nur dreckige Unterwäsche an«, hatte sie einmal zu ihr gesagt, als Marie einen Termin am Magistrat und fürchterlichen Respekt vor dem Beamten gehabt hatte.

Entschlossen drückte sie den Klingelknopf, der Ton hatte sich nicht verändert, unmittelbar darauf öffnete sich erneut die Haustür, und die dünne Frau blickte sie böse an. »Ich habe doch gesagt, wir geben nichts.«

»Entschuldigen Sie bitte. Ich würde gerne zum Herrn Doktor Schnitzler.«

»Der Herr Doktor ist beschäftigt. Und die gnädige Frau ist in der Stadt.«

»Ja, ich weiß, der Herr Doktor hat immer viel zu tun. Ich brauch auch nicht lange. Vielleicht fragen Sie ihn, ob er mir fünf Minuten seiner Zeit gewähren würde?«

»Warum sollte er das tun? Haben Sie ein Manuskript, das er sich anschauen soll? Dann können Sie es auch mir geben. Ich leg es auf den Stapel der anderen, die die jungen Damen ständig hier vorbeibringen.«

»Nein, warten Sie! Ich hab kein Manuskript. Ich habe früher hier gearbeitet. Als Kindermädchen!«

»Wann soll das denn gewesen sein?«

»Vor dem Krieg, es ist eigentlich noch gar nicht so lange her«, erwiderte Marie. »Obwohl es sich anfühlt, als wären sehr viele Jahre vergangen.«

Da entspannte sich die Miene der hageren Frau etwas, und sie öffnete die Tür ein Stück weiter. »Ja, da haben Sie recht. Eine schlimme Zeit liegt hinter uns. Hoffen wir, dass die Zukunft besser wird.«

»Ja, ich bin ganz sicher, das wird sie!«

»Na, Ihr Wort in Gottes Ohr, aber was wollen Sie jetzt? Wir haben eine Gouvernante.«

»Ja, das dachte ich mir. Für die Lili, oder? Der Heini ist ja schon ein erwachsener Herr, oder?«

»Ja, er macht nächstes Jahr seine Maturitätsprüfung. Aber kommen Sie doch kurz rein, da geht's ganz kalt ins Haus. Haben Sie auch einen Namen?«

»Entschuldigen Sie meine Unhöflichkeit.« Marie streckte ihr die Hand hin. »Marie heiß ich. Marie Nowak. Also früher, da hab ich Marie Haidinger geheißen, aber dann hab ich geheiratet. Deswegen bin ich damals auch weggegangen.«

»Freut mich, ich bin die Frau Klosterhuber. Amalia Klosterhuber. Ich führ seit ein paar Jahren hier den Haushalt. Jetzt setzen Sie sich mal hier in die Küche, und ich schau nach, ob der Herr Doktor schwer beschäftigt ist. Sie kennen ja den Weg, nehm ich an.«

»Oh, danke! Das ist zu freundlich von Ihnen«

»Darf ich Ihnen eine Tasse Tee anbieten?«

»Nein danke, machen Sie sich nur keine Umstände.«

»Gut, dann nehmen Sie kurz Platz, ich komme gleich wieder.«

Ein paar Minuten später kam Frau Klosterhuber wieder in die Küche und sagte: »Der Herr Doktor hat in einer Viertelstunde Zeit. Wollen Sie so lange warten?«

»Natürlich, wenn ich darf. Ich will Sie aber nicht stören, ich kann auch vor der Tür warten.«

»Seien Sie nicht kindisch, es hat minus zehn Grad da draußen. Ich mache Ihnen jetzt eine Tasse Tee.« Energisch setzte sie den Wasserkessel auf, und Marie wurde ganz melancholisch, nichts in der Küche hatte sich verändert, nur ihre liebe Anna war nicht mehr da.

»Wann sind Sie denn weggegangen aus der Familie?«

»Das war knapp vor dem Krieg. Im Frühling 1914.«

»Und dann haben Sie geheiratet?«

»Ja. Mein Mann heißt Oskar.«

»Und? Der Krieg? Ist er … ich meine, haben Sie ihn noch?«

»Ja! Zum Glück. Er war nicht lange an der Front. Wurde verletzt, und dann musste er nicht mehr einrücken.«

»Da haben Sie ja Glück gehabt. Mein Bruder ist leider gefallen. Wir wissen nicht mal genau, wo.«

»Das tut mir leid.«

»Tja, da kann man nichts machen. Das Leben geht weiter. Haben Sie Kinder?«

»Ja, zwei. Einen Buben und ein Mäderl. Friedrich ist jetzt fünf und die kleine Rosa drei.«

»Wie schön. Und was wollen Sie jetzt denn vom Herrn Doktor?« Sie beugte sich gespannt nach vorne.

»Ich such eine kleine Arbeit. Kochen oder putzen oder ein wenig Kinder betreuen. Oder auch alte Leute pflegen. Nur ein paar Stunden die Woche, damit wir besser über die Runden kommen in diesen schweren Zeiten.«

»Aber ich hab Ihnen schon gesagt, dass wir niemanden brauchen. Der Heini wird bald ausziehen, und die Lili ist auch recht selbstständig. Vielleicht bräuchte sie eine strengere Gouvernante als unsere Wucki, aber recht resolut schauen Sie auch nicht aus. Wie auch immer, ich hab hier eh nichts zu bestimmen.«

»Wie geht's ihr denn, der kleinen Lili?«

»Ja, sie geht auch schon ins Gymnasium. Aber unter uns gesagt«, sie beugte sich vor und senkte ihre Stimme, »ein einfaches Kind ist sie nicht.«

»Ja, sie war immer schon ein Dickschädel. Aber ich hab sie sehr lieb gehabt. Beide Kinder.«

»Ja, der Vater verwöhnt sie recht, und die Mutter … ja, wie soll ich sagen, sie haben kein gutes Verhältnis.«

Marie rührte in ihrer Teetasse und fragte nicht nach. Neugierig wäre sie schon gewesen, aber sie wollte nicht aufdringlich sein. Doch Frau Klosterhuber hatte wohl kein Problem damit, ein bisschen über die Familiengeheimnisse zu plaudern. »Und dass die Eltern immerzu streiten, das ist halt auch nicht gut für so ein Kind. Dem Heini ist das schon egal, der zieht eh bald aus, aber für die Kleine ist das Gift. Wie waren sie denn früher? Haben sie immer schon so viel gestritten?«

»Ach, es ist so lange her. Und sie waren viel aus, ich hab ja auf die Kinder geschaut.« Marie war die Fragerei unangenehm, sie wollte aber auch nicht unhöflich sein.

»Na ja, und die vielen jungen Damen, die hier ständig aus und ein gehen. Mir tät das ja auch nicht passen, wenn ich ehrlich bin …«

»Frau Klosterhuber?« Marie erkannte seine Stimme sofort und sprang auf.

»Der ominöse Besuch kann jetzt kommen. Aber viel Zeit hab ich nicht.«

»Lassen Sie Ihren Mantel da, und gehen Sie zu ihm.« Frau Klosterhuber nahm Marie den Mantel ab und schob sie aus der Küche. Marie blieb kurz vor dem Arbeitszimmer stehen, bevor sie an die angelehnte Tür klopfte. Als sie hier gearbeitet und gewohnt hatte, hatte sie immer große Ehrfurcht gehabt, wenn sie dieses Zimmer betreten hatte. Sie erinnerte sich noch genau daran, als Sophie damals krank war und Marie sich, zusätzlich zur Betreuung der Kinder, mit der Köchin sämtliche Haushaltspflichten teilen musste, da war sie einige Male allein im Arbeitszimmer gewesen. Sie sollte Staub wischen und ein wenig aufräumen. Sie hatte sich nicht beherrschen können und hatte ein paarmal heimlich in den Aufzeichnungen geblättert und das eine oder andere Buch aus dem Regal genommen. Noch immer hatte sie deswegen ein schlechtes Gewissen.

»Herein!«

Marie schob die Tür auf und trat in den halbdunklen Raum. Nur die Schreibtischlampe brannte, und Herr Schnitzler war aufgestanden und blickte sie irritiert an. »Was kann ich für Sie tun?«

»Guten Tag, gnädiger Herr. Ich weiß nicht, ob sie sich noch an mich erinnern? Ich bin's. Die Marie. Ich hab hier gearbeitet. Als Kindermädchen, vor dem Krieg.«

»Jetzt sprechens nicht so leise, mein Fräulein, ich kann Sie ja kaum verstehen.« Arthur Schnitzler war ihr ein Stück entgegengetreten und schien sie nicht zu erkennen. »Sie haben hier gearbeitet? Wie war doch gleich Ihr Name?«

»Marie! Marie Haidinger hieß ich damals. Ich bin dann weggegangen, weil ich den Buchhändler geheiratet hab.«

»Ah ja, das Kindermädchen! Jetzt erinnere ich mich. Kommen Sie nur weiter! Was führt Sie denn zu mir?«

»Ich wollte Sie höflichst fragen, ob Sie mir ein Zeugnis ausstellen könnten.«

»Ein Zeugnis? Jetzt? Da kommen Sie aber ein bisschen spät drauf, oder?«

»Na ja, ich hab ja geheiratet, und da dachte ich, ich brauch keines.«

»Und jetzt? Warum brauchen Sie es jetzt? Nach … wann haben Sie uns verlassen?«

»Im vierzehner Jahr.«

»Ja, stimmt. Noch vor dem Krieg. Wie ist es Ihnen ergangen?« Er ging zu einem Ohrensessel, nahm ein paar Bücher, die darauf lagen, und stellte sie ins Regal. »Aber setzen Sie sich doch. Wie unhöflich von mir.«

»Danke! Ich will Sie nicht lange stören. Ja, wir sind alle gesund. Mein Mann war zum Glück nur kurz an der Front, und die beiden Kinder sind auch wohlauf.«

»Zwei Kinder haben Sie auch schon?«

»Ja, Herr Doktor! Ein Bub und ein Mäderl. Wie Heinrich und Lili.«

»Schön. Aber warum brauchen Sie jetzt ein Zeugnis?«

»Weil die Zeiten so schlecht sind und es hinten und vorne nicht reicht, da dachte ich, ich geh ein bisschen was dazuverdienen.«

»Verstehe. An was genau dachten Sie da?«

»Na ja, putzen oder auf Kinder aufpassen, nur ein paar Stunden die Woche. Damit wir über die Runden kommen. Sie waren doch immer zufrieden mit mir, oder?«

»Ach, das ist schon so lange her. Aber die Kinder haben Sie recht gern gehabt.«

»Ja, und ich hab sie auch sehr lieb gehabt. Wie geht es ihnen denn?«

»Haben Sie den Heini nicht mal verloren?« Arthur Schnitzler hatte sich wieder gesetzt und strich nachdenklich über seinen Bart.

»Ja, gleich im ersten Winter, ich war ganz neu bei Ihnen. Am Christkindlmarkt. Das war furchtbar. Aber der Bub war so gescheit, er hat allein wieder nach Haus gefunden.«

»Ich erinnere mich. Ja, selbstständig war er immer schon.«

»Und Sie waren damals so gütig und haben mich nicht gekündigt. Dafür bin ich Ihnen heut noch dankbar.«

»Ach, hörens auf. Es ist ja alles gut ausgegangen. Also gut, ich werde Ihnen ein Zeugnis ausstellen und Ihnen zuschicken. Und ich kann mich ja ein bisschen umhören.«

»Das wäre zu freundlich. Dann will ich Ihre Zeit nicht länger in Anspruch nehmen. Ich weiß, Sie haben immer viel zu tun.«

»Danke für Ihren Besuch! Und grüßen Sie mir Ihren Mann schön. Wie heißt der noch gleich?«

»Oskar. Es war seine Idee, Sie um das Zeugnis zu fragen.«

»Gut. Ich hoffe, er verkauft meine Bücher ordentlich.«

»Wir haben Ihre Bücher selbstverständlich immer vorrätig.«

»Warten Sie, ich geb Ihnen noch was mit. Sie können es behalten oder auch in der Buchhandlung verkaufen.« Er erhob sich wieder, ging zu dem kleinen Sekretär, der neben dem Fenster stand, und nahm ein dünnes Bändchen von einem Stapel. Nachdem er mit seiner Feder schwungvoll seinen Namen auf das Vorsatzpapier geschrieben hatte, hielt er es Marie hin.

»Herr Doktor! Wie schön, ich freue mich sehr. Das werden wir selbstverständlich in Ehren halten und nicht verkaufen.«

»Das freut mich. Und jetzt leben Sie wohl, Sie bekommen Post von mir.«

»Ich danke Ihnen. Leben Sie wohl.« Marie reichte ihm die Hand, hoffte, dass er nicht merken würde, wie feucht ihre Handfläche war, und ging leise aus dem Arbeitszimmer. Sie war auf dem Weg in die Küche, als jemand laut polternd die Treppe hinunterlief. In der Mitte der Stiege blieb das Kind stehen und sah Marie verblüfft an. »Grüß Gott?« Es war mehr eine Frage als ein Gruß.

»Grüß dich, Lili.« Marie erkannte in den Zügen des Mädchens kaum das pummelige Kleinkind von damals.

»Kennen wir uns?«

»Ich kenn dich schon. Aber du kannst dich nicht mehr an mich erinnern, weißt du, ich war mal Kindermädchen bei euch. Aber du warst noch klein.«

»Ach so, na, dann wünsch ich einen schönen Tag«, sagte sie und lief an Marie vorbei ins Musikzimmer. Die stand einen Augenblick nachdenklich in der Diele und blickte auf die verschlossene Tür. Wie war nur die Zeit so schnell vergangen? Frau Klosterhuber riss sie aus den Gedanken, stand mit Maries Mantel über dem Arm an der Küchentür. »Ja, das ist unser Fräulein! Die hätten Sie nicht wiedererkannt, oder?«

»Nein, niemals. So dünn ist sie und groß. Aber die schönen dunklen Augen, die würde ich überall erkennen.«

»Das wird noch eine Aufgab mit dem Mädel. Die lässt sich jetzt schon nichts mehr sagen. Wenn dann die jungen Männer vor der Tür stehen in ein paar Jahren, das wird was werden.«

»Danke für den Tee und die Gastfreundschaft. Vielleicht sieht man sich ja mal wieder.« Marie nahm ihren Mantel an sich und reichte der Haushälterin die Hand.

»Ja, auf Wiedersehen. Und ich werde mich umhören, ob jemand eine Arbeit für Sie hat.«

»Das ist sehr freundlich, vielen Dank.«

Oskar platzte fast vor Neugier, als Marie die Buchhandlung betrat. Ihre Wangen waren rot von der Kälte und auch vor Aufregung. Noch bevor sie ihren Mantel ablegen konnte, fragte er sie aus: »Und? Wie war er? War er überhaupt da? Wo warst du so lange? Hat er mir dir gesprochen? Hast du die Kinder gesehen?«

»Mein Gott, jetzt lass mich doch mal den Mantel ausziehen. Ja, er war da. Und ja, ich hab mit ihm gesprochen. Und ja, ich habe die Lili gesehen. Was war die nächste Frage?« Marie lachte. »Und schau mal, er hat mir ein Buch geschenkt.« Sie zog das schmale Bändchen aus der Tasche und hielt es Oskar vor die Nase. »Mit Widmung. Er meinte, wir können es verkaufen.«

»Oh, wie schön! *Frau Bertha Garlan!* Niemals verkaufen wir das! Hast du es jemals gelesen?«

»Nein, leider nicht. Aber das kann ich ja jetzt nachholen.«

»Eine schrecklich tragische Geschichte. Aber jetzt erzähl mal! Warum warst du so lange weg? Ich hab mir schon Sorgen gemacht.«

»Was glaubst denn, dass er mich gleich behält? Nein, er war sehr freundlich und wird mir ein Zeugnis schreiben. Also zuerst war er ein bisschen verwundert, dass ich nach so vielen Jahren komme.«

»Aber hat er dich wiedererkannt?«

»Ja, stell dir vor, in seiner Erinnerung bin ich die, die den Heini am Christkindlmarkt verloren hat.«

»Ja, das war aber auch dramatisch damals. Der Bub ist einfach heimgefahren, und du bist stundenlang nicht aufgetaucht.«

»Ich hatte solche Angst, dass ihm was geschehen war. Und jetzt, wo wir Kinder haben, wird mir überhaupt ganz schlecht, wenn ich nur daran denke.«

»Ja, es war sehr nobel vom Herrn Doktor Schnitzler, dass er dich damals nicht gekündigt hat.«

»Apropos Kinder, wo sind die eigentlich?«

»Hinten im Büro. Es waren jetzt ausnahmsweise ein paar Kunden da, da hab ich sie nach hinten geschickt.«

»Es ist so ruhig, schauen wir lieber mal, ob sie eh nichts anstellen.«

Im kleinen Büro war es warm und fast schon dunkel. Eine kleine Stehlampe beleuchtete den großen abgewetzten Fauteuil, den Oskar – wie fast alles – von seinem Vorgänger übernommen hatte. Lediglich im Verkaufsraum waren ein paar Tische getauscht worden, und die Innenwände der Schaufenster hatten einen neuen Anstrich bekommen. Wenn der Krieg nicht gewesen wäre, hätte Oskar schon längst alles renoviert, nur den alten Sessel, den würde er nie entsorgen. Manchmal bildete er sich ein, seinen ehemaligen Chef und Förderer Friedrich Stock darin sitzen zu sehen, an die Lehne geschmiegt, ein aufgeschlagenes Buch auf seinem Schoß, sein Mittagsschläfchen haltend. Dabei war es jetzt schon sechs Jahre her, dass er plötzlich verstorben war.

Jetzt aber saßen beide Kinder im Fauteuil, Rosa eng an ihren großen Bruder gekuschelt, der ihr aus einem Buch vorlas. Marie und Oskar blieben in der Tür stehen und betrachteten ihre Kinder voller Stolz. Der kleine Friedrich hatte sich vor einigen Wochen selbst das Lesen beigebracht. Er hatte einfach so lange nach den Buchstaben gefragt, bis er sie konnte, dabei war er noch nicht mal fünf Jahre alt. Und nun las er seiner kleinen Schwester unermüdlich vor. Ein bisschen langsam zwar, sein kleiner Zeigefinger fuhr die Zeilen entlang und immer wieder musste er ein Wort wiederholen, doch das machte Rosa nichts aus. Sie liebte ihren großen Bruder, vergötterte ihn geradezu, und wahrscheinlich hätte er ihr eine Stunde aus einem Lexikon vorlesen können und sie hätte keinen Mucks gemacht.

»Kinder, habt ihr es gemütlich?«

»Ja, Mama, ich les der Rosa *Heidi* vor. Gell, Rosa, das magst du?«

Rosa nickte eifrig, und Friedrich blätterte eine Seite um.

»Wir gehen nach Hause, Kinder. Kommt, es ist bald Abendessenzeit. Papa sperrt zu und kommt dann nach.«

»Ich will Papa beim Zusperren helfen!« Friedrich sprang auf.

»Na gut, dann gehen Rosa und ich schon vor und kochen was, und du hilfst dem Papa.«

Auch wenn Oskar sich mit dem Gedanken, dass Marie sich eine Arbeit suchen wollte, noch immer nicht angefreundet hatte, wusste er doch, dass sie recht hatte. Die Buchhandlung konnte keine Familie ernähren, zumindest nicht in Zeiten wie diesen. Aber vielleicht fand sie ja gar nichts, es war nicht gerade einfach zurzeit, und dann würde er losziehen und sich eine Nachtarbeit suchen. Ein paar Tage in der Woche war das schon zu schaffen. Die Buchhandlung jedenfalls wollte er keinesfalls aufgeben, allein das Gedenken an Herrn Stock war Grund genug, durch diese schwierigen Zeiten zu kommen.

»Guten Tag, Herr Nowak.«

Die Türglocke riss ihn aus seinen Gedanken. Es war bereits elf Uhr, und Herr Schuster war der erste Kunde heute.

»Haben Sie *Der Untergang des Abendlandes* lagernd?«

»Nein, leider. Aber ich kann es bestellen, dann wäre es morgen da.«

»Sie sollten das Buch ins Schaufenster stellen. Großartiger Autor, dieser Spengler! Großartiges Werk. Aber das könnt ihr wohl nicht wertschätzen. Na gut, dann bestellen Sie es mir halt!«

Oskar biss sich auf die Lippen, sagte nichts und wusste genau, was Herr Schuster meinte. Mit »ihr« war »ihr Juden« gemeint. Vielleicht bildete er es sich ein, aber es kam ihm vor, als hörte er solche mehr oder weniger deutlichen Seitenhiebe in letzter Zeit häufiger. Kurz vor Kriegsende hatte er sogar mal eine kleine Diskussion mit einem Nachbarn gehabt, der Oskar beschuldigt hatte, dem Vaterland im Krieg nicht zu dienen.

Mit Marie sprach er nicht mehr über diese Begegnungen, ein paarmal hatte er etwas erzählt, und sie war sehr entrüstet gewesen.

»Aber wieso sagt man so etwas? Außerdem, woher wollen die das überhaupt wissen? Du bist doch gar kein richtiger Jude!«

»Was soll das denn sein, ein richtiger Jude? Es ist egal: Wenn du als Jude geboren bist, dann bleibst du es. Da kannst du noch so viel in die Kirche gehen oder dich für den Kaiser totschießen lassen. Und nachdem Friedrich Stock ein angesehenes Mitglied der jüdischen Gemeinde hier im Bezirk war und ich sein Erbe bin, ist es für alle klar. Und unsere Freundschaft zu den Golds bleibt den Leuten auch nicht verborgen.«

»Aber unsere Kinder sind getauft.«

»Viele jüdische Kinder sind getauft. Das heißt gar nichts.«

Solche Diskussionen wollte er nicht mehr führen, und so erzählte er nichts von Leuten wie diesem Herrn Schuster.

Eine halbe Stunde später bimmelte erneut das kleine Glöckchen an der Tür, und herein trat eine junge Frau, die sich schüchtern umsah.

»Wie kann ich Ihnen helfen, gnädige Frau?«

Sie trug einen einfachen Mantel und billige, klobige Schuhe. Eine gnädige Frau war das eher nicht, wahrscheinlich eher ein Dienstmädchen, das für seine Herrschaft was abholen wollte.

»Ich suche eine Frau Nowak. Marie Nowak. Ist sie da?«

»Marie Nowak ist meine Frau. Sie ist gerade bei den Kindern zu Hause. Kann ich Ihnen helfen?«

»Meine Herrschaft schickt mich. Sie hätten eine Arbeit für sie. Sucht sie denn noch?«

Oskar schluckte. »Ja, eigentlich schon. Was wäre es denn für eine Arbeit?«

»Die Mutter der gnädigen Frau ist ein Pflegefall und kann kaum allein gelassen werden. Eine Krankenschwester kümmert sich, aber die hat am Sonntag frei.«

»Und dann soll meine Frau kommen?«

»Ja, so dachte die gnädige Frau. Hier ist die Adresse. Sie möge bitte morgen Abend um fünf Uhr zum Vorstellen kommen.«

Sie reichte Oskar einen Umschlag, knickste kurz und huschte rasch zur Tür hinaus.

Um kurz nach sechs schloss er das Geschäft – die Einnahmen des Tages waren rasch gezählt – und ging über die Straße in die Wohnung, die sie seit dem Tod von Herrn Stock bewohnten. Friedrich spielte mit seiner Holzeisenbahn, Rosa türmte ihre Bauklötze aufeinander, und Marie saß auf dem Sofa und versuchte, ein Buch zu lesen. Als Oskar zur Tür reinkam, sprang sie auf. »Du bist schon da! Ich hab die Zeit komplett übersehen. Die Kinder waren so friedlich, da wollte ich ein bisschen lesen.«

»Ich hab eh keinen Hunger«, log Oskar, er wusste, außer ein paar verschrumpelten Kartoffeln und etwas Mehl hatten sie nicht mehr viel zu Hause.

»Schau mal, da war heute jemand in der Buchhandlung und hat nach dir gefragt.« Er holte den Umschlag aus der Mantelinnentasche und legte ihn auf den Tisch.

»Was ist das?«

»Eine Familie von Herkner sucht jemanden, der immer am Sonntag auf die alte Großmutter aufpasst.«

»Auf eine Großmutter aufpassen? Das ist ja wunderbar! Viel besser als putzen! Wo ist das?«

»In der Hasenauerstraße, weißt eh, das ist gleich die beim Park. Von Herkner, den Namen hab ich noch nie gehört. Außerdem ist der Adel doch abgeschafft worden!«

Marie lachte und ging nicht weiter darauf ein. Es war ein ewiger Witz zwischen ihnen, dass Marie der guten alten Kaiserzeit immer noch nachtrauerte. »Aber wie sind die denn auf mich gekommen? Ich war gar nicht bei dem Haus, glaub ich zumindest.«

»Vielleicht hat dich jemand empfohlen? Wir haben ja auch ein paar Kunden gefragt. Wo hast du denn dein Zeugnis?«

»Da! In der Schublade.« Marie nahm das Blatt Papier, das sie vor einer Woche erhalten hatte, aus der Lade. Sie war sehr stolz auf das, was der Herr Doktor Schnitzler geschrieben hatte, und hatte es immer wieder durchgelesen. *Sehr zuverlässig, den Kindern zugewandt, sauber und korrekt* waren die Worte, die sie inzwischen auswendig kannte.

Das Haus war stattlich und umgeben von einem riesigen Garten. Marie stand trotz der Kälte ein paar Minuten davor und blickte zu den hell erleuchteten Fenstern, bevor sie klingelte.

Das junge Mädchen, das ihr die Tür aufmachte, trug eine

Dienstmädchenuniform mit weißer Schürze und Häubchen und führte Marie nach einem knappen Gruß in eine geräumige Diele.

»Wenn Sie kurz hier warten möchten? Frau von Herkner kommt gleich.« Sie nahm Marie den Mantel ab und verschwand.

Marie stand ein wenig unschlüssig mitten im Raum, da öffnete sich eine Flügeltür, und heraus stürmten zwei kleine weiße Hunde, die sie laut kläffend ansprangen, gefolgt von einer stattlichen Frau um die fünfzig.

»Hera! Zeus! Sofort zurück!«

Marie blieb einfach stehen, zum Glück hatte sie keine Angst vor Hunden. Die beiden hatten auch rasch das Interesse an ihr verloren und verschwanden wieder dahin zurück, woher sie gekommen waren.

»Entschuldigen Sie bitte, die beiden sind miserabel erzogen. Sie müssen Frau Nowak sein. Freut mich. Wenn Sie bitte weiterkommen.«

Der Salon, in den Marie gebracht wurde, war doppelt so groß wie ihre ganze Wohnung. Frau von Herkner deutete ihr, auf einer kleinen Chaiselongue Platz zu nehmen. »Möchten Sie Kaffee? Tee?«

»Nein danke, machen Sie sich nur keine Umstände. Danke, dass Sie mich eingeladen haben. Darf ich fragen, wie Sie auf mich gekommen sind?«

Es stellte sich heraus, dass Frau von Herkner in der vergangenen Woche beim Ehepaar Schnitzler zum Souper eingeladen gewesen war. »Eine reizende Familie, nicht wahr? Besonders der Herr Doktor und sein Sohn. So gebildete Leute.«

Marie sagte nichts, wartete erst mal ab.

»Ich hab von der Misere mit meiner Schwiegermutter erzählt, und da meinte der Herr Doktor gleich, er wüsste vielleicht jemanden. In den höchsten Tönen haben die beiden von Ihnen gesprochen, wenn sie es auch sehr bedauert haben, dass Sie so kurz bei ihnen waren.«

»Das ist zu freundlich von ihnen. Wollen Sie mein Zeugnis sehen.«

»Ich glaube, das ist nicht notwendig. Wie gesagt, der Herr Doktor Schnitzler hat nur Gutes über Sie erzählt. Haben Sie denn auch Erfahrung in der Pflege?«

»Na ja, ich habe einer Freundin, die sehr krank war, ein wenig geholfen.« Marie dachte an Fannis Aufenthalt in der Nervenklinik und ihre regelmäßigen Besuche, bei denen sie versucht hatte, die junge Frau wieder ein bisschen ins Leben zurückzuholen. Sie hoffte, dass Frau von Herkner nicht nachfragte. Das konnte man wohl nicht mit der Pflege für eine alte Frau vergleichen.

»Was wären denn die Tätigkeiten?«

»Ach, so schwierig ist das gar nicht. Wie gesagt, wir haben eine Pflegerin, die im Haus lebt und sich um meine Schwiegermutter kümmert. Nur am Sonntag hat sie frei, da suche ich einen Ersatz.«

»Was fehlt der Frau Schwiegermutter denn?«

»Eigentlich nicht viel. Also körperlich, meine ich. Das Problem ist, dass der Kopf nicht mehr mitmacht. Sie vergisst alles. Aber wirklich alles. Sie vergisst nicht nur, wo sie ist, sie vergisst auch zu essen und dass man zur Toilette gehen muss.«

»Verstehe.«

»Ich glaube nicht, dass Sie das verstehen. Es ist ein beängstigender Zustand, das kann ich Ihnen sagen. Sie weiß auch meistens nicht, wer ich bin. Das ist sehr verletzend, bin ich doch die Einzige, die sich um sie sorgt.

»Das glaube ich. Das muss furchtbar sein.«

»Sie müssen die ganze Zeit bei ihr sein, sie keine Minute aus den Augen lassen. Sie verlässt aber ihre Räumlichkeiten im oberen Stock nicht. Meinen Sie, Sie könnten das schaffen?«

»Aber sicher. Wann soll ich anfangen?«

»Am besten sofort. Sie kommen am Sonntagmorgen um neun Uhr und bleiben bis zum Abend bei ihr. Die Nachtwache übernimmt ein Dienstmädchen. Wären fünf Kronen für Sie in Ordnung?«

»Ja, natürlich. Vielen Dank. Kann ich sie sehen?«

»Das ist nicht notwendig. Sie regt sich immer so auf, wenn fremde Menschen in ihr Zimmer kommen. Seien Sie einfach am Sonntag um neun Uhr da. Das Mädchen wird Ihnen alles erklären.«

»Ja. Ich werde pünktlich sein. Vielen Dank!«

Als Marie am nächsten Sonntag an der Tür klingelte, öffnete wieder das Dienstmädchen und führte sie ohne Umwege die breite Treppe nach oben. Nachdem sie kurz und heftig an die Tür geklopft hatte, trat sie ein, ohne eine Antwort abzuwarten. Dicke Vorhänge verdeckten die Fenster, nur durch einen kleinen Spalt fiel ein wenig Licht in den Raum. Es dauerte, bis sich Maries Augen an das düstere Licht gewöhnt hatten, dann sah sie ein großes Bett, in dem die Umrisse eines Körpers unter der Decke zu erkennen waren, und daneben saß auf einem Sessel eine Frau, die aufstand, als Marie ins Zimmer trat.

»Guten Tag. Sie müssen die Frau Marie sein. Ich bin die Elisabeth, ich arbeite hier als Zimmermädchen. Und übernehme die Alte immer am Samstagabend.«

Marie zuckte zusammen, als sie das Wort »Alte« aus dem Mund der jungen Frau vernahm. Wie konnte man nur im Beisein von jemandem so ein unhöfliches Wort sagen?

Elisabeth schien ihre Gedanken zu lesen und lachte sie an: »Keine Angst. Sie versteht uns nicht. Die ist nicht wirklich unter uns. Kommen Sie, ich zeige Ihnen alles.«

Es dauerte keine halbe Stunde, da war das Mädchen verschwunden, sie konnte es wohl gar nicht erwarten, das düstere Zimmer zu verlassen. Zuallererst zog Marie die Samtvorhänge zur Seite, und als ein Lichtstrahl auf das Bett fiel, bewegte die Gestalt unter der Decke ganz vorsichtig den Kopf. Das Gesicht war voller Falten, die Wangen eingefallen, die schmalen Lippen kaum zu erkennen. Der Blick schweifte im Raum umher und blieb dann an Marie hängen. Diese hatte sich abwartend in den Sessel neben das Bett gesetzt.

»Guten Morgen, Frau von Herkner. Ich bin Marie. Ich besuche Sie heute und bleibe bei Ihnen. Brauchen Sie etwas?«

Die alte Frau sah sie fragend an. Marie hielt ihrem Blick stand und schwieg. Ein bisschen unbehaglich war ihr schon, andererseits – Frau von Herkner musste sich ja erst einmal ein wenig orientieren, sie hatte ja keine Ahnung, wer da an ihrem Bett saß. Nach einer Weile drehte die Frau den Kopf abrupt zur Seite und machte mit der Zunge ein abfälliges Geräusch. Sie hatte wohl keine Lust auf Besuch, zumindest das konnte sie unmissverständlich ausdrücken.

Marie sah auf die Uhr, die an der Wand hing. Jetzt war nicht mal eine halbe Stunde vergangen, wie sollte sie es hier den ganzen Tag aushalten? Sie ärgerte sich, dass sie kein Buch mitgenommen hatte, andererseits, durfte man das überhaupt? Lesen und dabei Lohn bekommen?

Elisabeth hatte Marie eingeschärft, die alte Frau regelmäßig auf die Toilette zu bringen, sonst geschehe ein Malheur, meinte sie. »Und Sie müssen ihr regelmäßig etwas zu trinken einflößen. Auch wenn sie sich wehrt, sie muss trinken. Um zwölf Uhr wird das Essen aufs Zimmer gebracht, das muss man ihr mit einem Löffel geben. Nicht zu schnell, manchmal vergisst sie das Schlucken. Und Sie dürfen sie nicht allein lassen, oder nur ganz kurz, manchmal steht sie nämlich auf. Einmal ist sie schon die Stiegen runtergefallen.«

Was für ein erbärmliches Leben, dachte Marie und lächelte der alten Frau zu. Diese bewegte sich nicht, wären ihre Augen nicht gewesen, man hätte meinen können, sie sei tot.

Der Vormittag verging wie in Zeitlupe, sie konnte sich nicht erinnern, jemals in ihrem Leben so lange still gesessen zu haben, normalerweise hatte sie immer zu tun, erledigte drei Sachen gleichzeitig, und wenn es mal nichts zu tun gab, vertiefte sie sich in ein Buch.

Immer wieder reichte Marie der alten Frau eine Schnabeltasse und hielt ihren Kopf, damit sie ein paar Schlucke zu sich nahm. Als Frau von Herkner ein wenig unruhig wurde, reichte ihr Marie die Hand und zog vorsichtig die Bettdecke vom dünnen Körper. »Wir gehen jetzt auf die Toilette. Das können Sie, oder?«

Keine Reaktion, doch sie wehrte sich auch nicht, streckte die Beine aus dem Bett und stellte sich auf die Füße. Da stand sie nun und blickte ungläubig an sich herunter, geradeso, als würde sie sich wundern, dass diese Füße sie tragen konnten. Marie nahm ihre Hand und führte sie ins Badezimmer, das gleich nebenan war. Zunächst kam es ihr unmöglich vor, der alten Dame das Nachthemd hochzuziehen und sie auf die Toilette zu setzen, doch diese schien nichts dabei zu finden. Als sie hörte, wie die Frau sich erleichterte, lobte sie sie, wie sie es bei Rosa tat, wenn sie erfolgreich auf ihr Töpfchen ging, und musste lachen.

Widerstandslos ließ sich Frau von Herkner wieder ins Bett bringen und schloss sofort erschöpft die Augen, als Marie sie zugedeckt hatte. Die Uhr an der Wand tickte, und Marie hielt die Stille kaum aus. Sie redete, erzählte von ihren Kindern und vom Buchgeschäft, und irgendwann begann sie leise zu singen. Sämtliche Kinderlieder, ein paar Weihnachtslieder, und wenn ihr der Text nicht einfiel, summte sie einfach vor sich hin. Als sie wieder auf die Uhr sah, war eine Stunde vergangen, ihr Nacken war steif, sie war wohl eingenickt. Auch die alte Dame schlief tief und fest, ihr Atem war ruhig, ihre Gesichtszüge entspannt.

Marie stand auf, streckte sich ein wenig und ging im Zimmer leise hin und her. Schließlich öffnete sie vorsichtig die Zimmertür und trat auf den langen Gang. Sie musste sich einfach ein wenig bewegen, wenn sie zwölf Stunden neben diesem Bett im Sessel säße, würde sie verrückt werden. Das Krankenzimmer war das erste gleich nach der Treppe, und am Ende des langen Flurs strahlte die Wintersonne durch eine zweiflügelige Tür mit Glaseinsätzen. Marie überlegte kurz, ob sie die Tür zum Zimmer zumachen sollte, damit die alte Frau nicht so schnell rauskonnte, falls sie doch aufwachte. Andererseits wollte sie sich ja nur ein bisschen die Beine vertreten, ein paar Minuten auf diesem Balkon, der da am Ende des Ganges wie eine Verheißung lag, und wenn sie die Tür offen ließ, konnte sie jede Bewegung ihres Schützlings hören. Sie warf einen Blick zurück auf das Bett, versicherte sich, dass die alte Frau sich nicht bewegt hatte, und ging mit entschlossenen Schritten auf das Licht zu. Links und rechts des Ganges lagen noch mehrere Zimmer. Alle Türen waren geschlossen, und Marie hoffte, dass niemand raustrat. Es wäre ihr unangenehm gewesen, auf die gnädige Frau zu treffen, aber alles war still.

Der Balkon war geräumig, mehr eine große Terrasse, und die dick in Stoff eingepackten Pflanzenkübel ließen erahnen, dass dies im Sommer ein wunderbarer Platz zum Verweilen war. Nun war alles kahl, ein paar Sessel standen aufgestapelt in einer Ecke, ein Tisch war mit einer Plane abgedeckt. Doch auch jetzt im Winter war der Blick atemberaubend. Man sah über die Hasenauerstraße direkt in den großen Park, hörte die Stimmen spielender Kinder, und Marie erinnerte sich an ihre zahlreichen

Spaziergänge mit den Schnitzler-Kindern. Lili hatte den Eislaufplatz geliebt. Sie war zwar noch viel zu klein gewesen, um selbst aufs Eis zu gehen, doch sie hatte stundenlang zusehen können, wie die tanzenden Paare oder die jungen Mädchen ihre Pirouetten drehten. Der Eislaufplatz war schon seit Jahren geschlossen, während des Krieges dachte niemand an solche Vergnügungen. Und auch in diesem Winter hatten die Menschen andere Sorgen.

Mit ihren eigenen Kindern war sie viel zu selten im Park, die letzten Jahre hatte sie keine Zeit gehabt und auch nicht die Ruhe, einfach so spazieren zu gehen. Und wie lange war das schon wieder her, dass sie mit Fanni hier ihre kleinen Runden gedreht hatte! Die Zeit, in der Fanni als Patientin im nahe gelegenen Sanatorium untergebracht war, schien aus einem anderen Leben zu sein, aus ihrer trauernden Freundin war eine selbstbewusste, lebenslustige Frau geworden, die Maries Fürsorge nicht mehr brauchte, im Gegenteil. Hätten Fanni und ihre Familie Marie und Oskar in den letzten Jahren nicht ständig unter die Arme gegriffen, sie hätte nicht gewusst, wie sie den Krieg hätten überstehen sollen.

»Was machen Sie denn da? Schließen Sie doch die Tür, es zieht im ganzen Haus!«

Marie fuhr vor Schreck zusammen, als sie die Stimme hinter sich hörte.

»Entschuldigen Sie bitte, ich wollte nur mal kurz ein wenig Luft schnappen.«

»Sie dürfen die gnädige Frau nicht aus den Augen lassen. Sie könnte aus dem Bett fallen oder durchs Haus geistern.«

»Ja, aber sie hat tief und fest geschlafen, entschuldigen Sie bitte, es kommt nicht wieder vor.« Marie lief rasch zurück ins Schlafzimmer. Die alte Frau hatte sich keinen Millimeter bewegt.

»Ich habe das Tablett mit dem Mittagessen in ihr Zimmer gestellt.« Die beleibte Frau, es war wohl die Köchin, schüttelte vorwurfsvoll den Kopf und schloss die große Tür hinter Marie.

Auf dem Nachttisch stand ein Tablett mit einem Teller, auf dem ein Deckel lag, daneben ein Löffel. Marie hatte gehofft, dass es auch für sie eine kleine Mahlzeit gab; nachdem sie sich am Morgen beim Frühstück sehr zurückgehalten hatte, verspürte sie großen Hunger. Das war aber anscheinend nicht vorgesehen, es sei denn, man dachte, sie würde die Reste der Suppe aufessen.

Wie spät war es eigentlich? Kurz nach zwölf. Marie rechnete aus, dass sie noch sechs Stunden hier sitzen musste, und seufzte tief. Da öffnete Frau von Herkner den Mund und sah Marie stirnrunzelnd an.

»Ah, schön, dass Sie wach sind, Frau von Herkner. Jetzt gibt es eine gute Suppe.«

Keine Reaktion.

»Wollen Sie sich ein bisschen aufsetzen? Oder da an den kleinen Tisch kommen?«

Jetzt ärgerte sich Marie, dass sie nicht mehr nachgefragt hatte. Wie sollte sie das anstellen? Wahrscheinlich war es auch nicht gut für die alte Dame, die Gewohnheiten zu ändern, es würde sie verwirren, und sie konnte sich ja anscheinend kaum äußern.

Marie erschrak fast ein wenig, als sich die Frau im Bett abrupt aufsetzte. Sie stopfte rasch ein dickes Kissen hinter ihren Rücken und nahm den Deckel vom tiefen Teller. Sofort zog der Duft der Suppe durch das Zimmer, sie sah zwar mit ihrer grauen Farbe nicht sehr appetitlich aus, duftete aber verlockend nach Gemüse und Speck.

Immerhin öffnete Frau Herkner bereitwillig den Mund und ließ sich die Suppe löffelweise einflößen. Nur dazwischen vergaß sie manchmal zu schlucken, und dann tropfte etwas davon auf die Bettdecke. Marie wischte ihr immer wieder das Gesicht mit einer bereitgelegten Stoffwindel ab und bewegte die alte Frau mit sanften Worten dazu, weiterzuessen. Sie hatte den Teller fast geschafft, da drehte diese plötzlich den Kopf zur Seite und sagte mit fester Stimme laut und deutlich: »Das reicht. Und jetzt will ich den Rudolf sehen!«

Marie hatte keine Ahnung, wer Rudolf war, und beschwichtigte sie: »Ja sicher, er wird bald kommen. Jetzt ruhen Sie sich ein bisschen aus, dann kommt er bestimmt, der Rudolf.«

»Er soll sofort kommen, ich muss etwas mit ihm besprechen. Und wer sind Sie eigentlich? Seine nichtsnutzige Frau?«

»Ich bin Marie. Ich besuche Sie heute, damit Sie nicht so allein sind. Wollen Sie noch ein bisschen Suppe?«

»Welche Suppe? Ich mag keine Suppen! Ich will, dass der Rudolf jetzt kommt und mit mir Kaffee trinkt.«

»Ja sicher, er wird bald da sein.«

Zum Glück legte sich die Alte widerspruchslos hin und schaute aus dem Fenster. Marie versuchte, die angekleckerte Bettwäsche ein wenig zu reinigen, und wusste nicht, was sie jetzt tun sollte. Man konnte doch nicht den ganzen Tag im Bett liegen, wenn man keine körperlichen Beeinträchtigungen hatte! Und sie konnte doch auch nicht den ganzen Tag hier untätig sitzen!

»Wollen Sie ein bisschen aufstehen? Wir könnten gemeinsam aus dem Fenster schauen und auf Rudolf warten, was meinen Sie?«

Keine Antwort, keine Widerrede, aber auch keine Zustimmung. Marie schaffte es schließlich, die alte Frau zum Aufstehen zu bewegen. Sie brachte sie dazu, in ihre Pantoffeln zu schlüpfen, und half ihr in einen Schlafrock, den sie im Badezimmer gefunden hatte. Schritt für Schritt gingen sie gemeinsam durch das große Zimmer und setzten sich auf zwei Fauteuils, von denen man die Straße vor dem Haus gut überblicken konnte. Frau von Herkner sah interessiert hinaus, hin und wieder warf sie Marie einen Blick zu, und einmal fragte sie noch nach diesem Rudolf, auf den sie offenbar ganz dringend wartete.

Marie konnte es kaum glauben, dass der Tag vorbei war, als sich die Tür öffnete und die Dame des Hauses hereinkam. Sie blickte sie erwartungsvoll an: »Und? Ist alles gut gegangen? Hat sie sich eh nicht recht aufgeregt?«

»Nein, alles ist in Ordnung. Wir haben ein wenig Suppe ausgepatzt, das tut mir leid.«

»Das ist kein Problem, die Bettwäsche wird jeden Tag gewechselt. Kommen Sie nächsten Sonntag wieder?«

»Ja, natürlich komme ich wieder.«

Marie wandte sich der alten Dame zu, die sie unbeteiligt ansah. »Auf Wiedersehen, Frau von Herkner. Ich gehe jetzt nach Hause zu meiner Familie. Aber nächste Woche komme ich wieder, dann bringe ich ein Buch mit und lese Ihnen was vor.«

Die jüngere von Herkner schaute sie belustigt an. »Das können Sie gerne machen, sie versteht nur nichts.« Inzwischen war eine Krankenschwester in den Raum getreten und maß der alten Dame mit strenger Miene den Puls. Marie ging zusammen mit der Hausherrin die breite Stiege runter. »Ihr Geld bekommen Sie das nächste Mal, ich hoffe, das ist in Ordnung.«

Marie schluckte kurz, sie hätte es dringend gebraucht, sagte aber nichts.

»Ich hätte noch eine Frage. Ihre Frau Schwiegermutter wartet auf einen Rudolf. Sie wurde ganz unruhig, weil er nicht gekommen ist. Wer ist das?«

»Rudolf wird nicht kommen«, seufzte Frau von Herkner. »Er ist schon 1917 an der Front geblieben. Gefallen. Hat mich mit seiner Mutter hier allein gelassen. Aber sie fragt jeden Tag nach ihm.«

»Oh, mein herzliches Beileid, das tut mir leid.«

»Na ja, jeder hat wohl Leid erfahren in dieser schrecklichen Zeit. Und es hört ja nicht auf. Wir hier ohne Mann im Haus! Jeden Tag fürchten wir uns vor den Plünderungen der Sozialisten.«

Von einigen Kunden hatte Marie bereits von diesen Sorgen gehört: Insbesondere die Bewohner des Cottage-Viertels hatten große Angst, ihr Besitz könnte von den Roten enteignet oder zumindest geplündert werden. Einmal hatte sie Oskar gefragt, ob er Angst hätte, sie würden auch die Buchhandlung stürmen. Er hatte daraufhin nur gelacht und gemeint: »Hier gibt es nichts zu holen! Die paar Bücher interessieren doch niemanden. In den Villen allerdings müssen sie schon ein bisschen Angst haben um ihre wertvollen Bilder und den Schmuck.«

Zu Hause warteten die Kinder schon sehnsüchtig auf sie, und Oskar hatte etwas zu essen vorbereitet. Sie ließ sich erschöpft aufs Sofa sinken und nahm Rosa auf den Schoß.

»Und, wie war es?«

»Furchtbar. Ich habe den ganzen Tag nichts getan, außer in diesem Zimmer zu sitzen. Und bin trotzdem müde.«

Oskar regte sich furchtbar darüber auf, dass Marie den ganzen Tag nichts zu essen bekommen hatte, und fühlte sich in seinen Vorbehalten bestätigt. Er fand es immer noch nicht richtig, dass Marie bei fremden Leuten arbeiten ging.

»Doch, doch. Es ist ja eine leichte Arbeit. Und jetzt weiß ich auch, was mich erwartet, das nächste Mal nehme ich mir was zu essen und ein Buch mit. Ich kann der alten Frau ja auch vorlesen.«

»Aber erst sollst du uns vorlesen«, protestierte Rosa und holte einen Stapel Bilderbücher.

»Ja, natürlich, mein Schatz. Ich les dir vor, solange du willst.«

Oskar gewöhnte sich daran, dass Marie sonntags nicht da war. Sie schien ihren Dienst bei der alten Dame inzwischen zu mögen, nahm jedes Mal ein Buch mit und las ihr stundenlang vor. »Weißt du«, sagte sie. »Manchmal leuchten ihre Augen, da hab ich dann das Gefühl, sie erinnert sich an etwas.«

Und an einem Abend, als sie wieder viel zu spät ins Bett gegangen waren, weil so viel zu tun gewesen war, beichtete sie ihm, dass sie es inzwischen eigentlich ganz schön fand, einen Tag in der Woche zum Nichtstun gezwungen zu sein.

Das zusätzliche Geld konnten sie wirklich gut gebrauchen, auch wenn man nicht viel von den rationierten Lebensmitteln bekam, aber ohne Geld war alles nur noch schlimmer. Auch in der Buchhandlung waren immer weniger Bücher vorrätig, Oskar hatte inzwischen in einigen fast leeren Regalen die Bücher frontal gestellt, damit man nicht merkte, wie wenig Ware da war. Er hasste das, für ihn war eine gute Buchhandlung nur eine, die übervoll mit Büchern war, mit Regalen bis zur Decke, eng und vollgeräumt. Aber so war es nun mal, man konnte schließlich angesichts der wenigen Kunden das Lager nicht anfüllen. Die Zeiten würden wieder besser werden, ganz bestimmt. Sie hatten schließlich diesen Krieg überstanden, also würden sie auch die Zeit danach überstehen.

Auch wenn die Tage schon etwas länger wurden, hatte die eisige Kälte die Stadt fest im Griff. Oskar hatte in der Buchhandlung schon lange den Ofen nicht mehr eingeheizt. Das wenige Holz und das bisschen Kohle, das sie zur Verfügung hatten, verwendeten sie in der Wohnung, aber auch da heizten sie natürlich nur die Küche. Im Schlafzimmer war es bitterkalt, die Betten der Kinder wärmten sie jede Nacht mit heißen Ziegelsteinen, die sie in Handtücher eingewickelt hatten. Trotzdem trugen sie beim Schlafen ihre dicksten Pullover.

Als Marie an einem Sonntagabend nach Hause kam, sah sie

müder aus als sonst, eine tiefe Falte hatte sich zwischen ihre Augen gegraben. Oskar sah sie fragend an, doch sie nickte ihm nur zu und warf einen Blick auf die Kinder. Er verstand, irgendetwas war geschehen, und anscheinend wollte sie vor Friedrich und Rosa nicht darüber sprechen.

Die Vorlesestunde fand jetzt immer auf der Küchenbank statt, da war es wärmer. Auch wenn sie am Abend kein Holz mehr nachlegten, schaute Oskar, dass das Feuer nicht ausging, bevor die Kinder ins Bett mussten.

Dann lagen die Kinder endlich im Bett, sie hörten sie kichern und flüstern, und Marie ermahnte sie mit scharfer Stimme, endlich zu schlafen. Die Tür zur kleinen Schlafkammer ließen sie weit offen, damit die Wärme der Küche noch ein wenig reinziehen konnte, Oskar und Marie wuschen leise das Geschirr ab.

»So, meine Liebe. Was ist denn los?«

Marie hatte sich eine Tasse Tee gemacht und setzte sich an den Tisch.

»Im Haus der von Herkners gibt es die Grippe.«

»Wer hat die Grippe?«

»Die Köchin anscheinend. Die gnädige Frau hat sie sofort entlassen.«

»Wirklich? Sie hat sie entlassen? Obwohl sie krank ist?«

Marie erzählte mit leiser Stimme, dass die Köchin wohl Anfang der Woche hohes Fieber bekommen habe. Sie habe sich schon seit Tagen schlecht gefühlt, gehustet und ein bisschen Temperatur gehabt.

»Sie hat zunächst nichts gesagt, hat mir das Zimmermädchen erzählt. Sie dachte wohl, es ist eine harmlose Erkältung.«

»Das ist es ja wahrscheinlich auch. Kein Wunder bei dem Wetter.«

»Ja, aber am Montag hatte sie dann neununddreißig Grad

Fieber und konnte sich kaum mehr auf den Beinen halten. Sie blieb dann in ihrer Kammer liegen.«

»Hat die gnädige Frau einen Arzt geholt?«

»Ja, der kam am Dienstag und hat die Grippe festgestellt.«

»Ja, aber wie kann die von Herkner sie mit so hohem Fieber entlassen?«

»Die hat panische Angst, dass sie sich ansteckt.«

»Oder die alte Schwiegermutter.«

»Ach, das wäre ihr wohl recht. Die würde sie eh gerne loswerden.«

»Weißt du, wie es der Köchin geht?«

»Ihr Bruder hat sie abgeholt. Und das Mädchen hat jetzt natürlich auch Panik, dass sie es bekommt. Die steht ja immer in der engen Küche mit ihr.«

»Mein Gott. Ich hoffe, du hast dich nicht angesteckt.«

Darauf schwiegen sie beide, rührten gedankenverloren in ihren Teetassen. Oskar dachte an den ersten Grippetoten, den er persönlich gekannt hatte, den netten, belesenen Professor Kaltenbrunner, der auch noch gar nicht alt war. Er kam jede Woche in die Buchhandlung, plauderte mit Oskar, meistens kaufte er ein Buch. Nicht mal fünfzig, bekam er im Dezember plötzlich Husten und Fieber, und binnen einer Woche war er tot. Oskar hatte den Partezettel im Büro der Buchhandlung an die Tür geklebt, da, wo er immer Postkarten und interessante Zeitungsausschnitte aufbewahrte. Obwohl die Zeitungen kaum darüber berichteten, wusste jeder Bescheid, dass inzwischen Tausende Menschen gestorben waren, jeder kannte jemanden, der der sogenannten Spanischen Krankheit zum Opfer gefallen war oder sie nur knapp überlebt hatte. Im vergangenen Herbst und Winter hatten sich viele gar nicht mehr aus ihren Häusern getraut, die Straßenbahnen wurden gemieden, eine Zeit hatten auch Schulen, Kinos und Theater geschlossen. Überall sah man

Menschen, die sich mit Stofftüchern vor Mund und Nase zu schützen versuchten, und viele Familien hatten Tote zu beklagen. Es waren gar nicht immer die alten Leute, die starben, auch viele Kinder und junge Erwachsene überlebten diese Grippe nicht.

Alle hofften, dass das Schlimmste überstanden war und dass, wenn der Frühling endlich kam, dieser Alptraum hoffentlich endgültig vorbei sein würde.

»Stell dir vor, die Köchin hätte keine Familie! So wie ich damals bei den Schnitzlers, ich hatte ja niemanden, zu dem ich gehen hätte können. Sie würde auf der Straße sterben, oder in irgendeinem Elendsquartier!« Marie nahm Oskars Hand und drückte sie fest.

»Der Herr Doktor Schnitzler hätte das nicht getan, ganz sicher nicht! Er hätte dich ins Krankenhaus bringen lassen oder dich in einem Zimmer isoliert.«

»Ich glaube auch, dass er das nicht getan hätte.«

»Du musst mit dieser Arbeit so bald wie möglich aufhören, Frau von Herkner ist kein guter Mensch.«

»Ja, ich weiß. Sie ist sehr verbittert, weil ihr Mann nicht aus dem Krieg zurückgekommen ist.«

»Viele Männer sind gestorben, deswegen sind die Hinterbliebenen nicht alle böse Menschen geworden. Wirst sehen, wenn es wärmer wird, dann geht es auch in der Buchhandlung besser, und dann brauchst du da nicht mehr hingehen. Oder ich such mir eine zweite Arbeit.«

»Aber die alte Frau hab ich inzwischen recht ins Herz geschlossen. Manchmal glaub ich, sie weiß mehr, als wir ahnen. Wenn ich vorlese, nickt sie manchmal mit dem Kopf und lächelt.«

»Was liest du denn gerade vor?«

»*Bergkristall.* Weißt noch, das hast du mir geschenkt, bevor ich damals ans Meer gefahren bin. Hach, das ist so lange her. So viel ist geschehen seit damals.«

»Natürlich weiß ich das noch! Wie könnte ich das vergessen?« Oskar dachte an die schönen Briefe, die Marie ihm damals von ihrem ersten Urlaub geschrieben hatte. Drei Wochen war sie als Kindermädchen der Familie Schnitzler auf der kleinen Insel Brioni gewesen, und immer noch leuchteten ihre Augen, wenn sie darüber sprach. Seitdem träumte Oskar davon, mit seiner Familie ans Meer zu fahren, doch als der Krieg ausbrach, rückte solcher Luxus in weite Ferne. Damals war Marie noch ziemlich unbelesen gewesen, und er hatte ständig überlegt, was er ihr schenken könnte. Schöne Bücher, die sie nicht überforderten und trotzdem hochwertiger waren als die Fortsetzungsromane, die damals in den Küchen und Kammern der noblen Häuser gelesen wurden. Doch Marie nahm jedes Buch dankbar und voller Freude an, ließ sich auf alle Geschichten ein, und inzwischen las sie die gleichen Sachen wie er, auch wenn sie nicht immer einer Meinung darüber waren. Und immer noch mussten sie lachen, wenn sie sich daran erinnerten, dass sie das Buch über Kinder, die sich im Schneesturm verirrt hatten, damals bei über dreißig Grad auf der Terrasse eines Hotels mit Blick auf das Meer gelesen hatte.

»Ich weiß nur nicht, wie ich mich verhalten soll, wenn sie wieder nach ihrem Rudolf fragt. Sie ist dann ganz verzweifelt, will immerzu aus dem Fenster schauen, ob er endlich kommt.«

»Was hat denn die gnädige Frau gesagt, dass du antworten sollst?«

»Sie meinte, man soll ihr bloß nicht die Wahrheit sagen. Immer nur antworten, dass er eh bald kommt. Aber ich tu mir schwer mit dem Lügen.«

»Das versteh ich. Aber wahrscheinlich ist es das Vernünftigste.«

Inzwischen war das letzte Scheit im Ofen verglüht, und in der Küche wurde es schnell kalt. Obwohl Oskar und Marie aus Decken dicke Rollen gemacht und zwischen die Fenster gestopft hatten, zog es durch die Ritzen.

»Komm, mein Schatz. Lass uns ins Bett gehen, du hast ganz kalte Hände.«

Leise gingen sie in die Kammer, deckten beide Kinder noch mal bis zum Kinn zu und zogen ihre wärmsten Flanellhemden an. Oskar war schon fast eingeschlafen, da spürte er Maries Hand unter dem Nachthemd auf seinem Rücken. Sie war heiß.

Rosa jammerte laut nach ihrem Milchbrei, Friedrich drehte sich unruhig von einer Seite zur anderen, er wollte sich von seiner kleinen Schwester nicht aufwecken lassen. Oskar schreckte hoch und sah auf die Uhr auf seinem Nachttisch. Schon acht! Er hatte verschlafen. Marie stand normalerweise vor ihm auf, kochte Kaffee, wenn sie welchen hatten, und heizte den Ofen in der Küche ein. Doch als er neben sich blickte, lag seine Frau unter der Decke vergraben, ihr Zopf hatte sich gelöst, und die Haare fielen ihr übers Gesicht. Maries Mund stand ein wenig offen, und obwohl sie tief zu schlafen schien, sah ihr Gesicht angestrengt aus. Er beugte sich über sie, gab ihr einen Kuss auf die Wange: »Aufstehen, Liebes, wir haben ein bisschen verschlafen.«

Da schrak Oskar zurück. Maries Gesicht glühte, und als sie die Augen öffnete, schaute sie ihn verwirrt an, ihr Blick war glasig.

»Du hast Fieber, mein Schatz. O mein Gott.« Oskar bekam Panik, griff Marie an die Stirn und versuchte sich zu beruhigen. Inzwischen waren die Kinder aus ihrem Bettchen geklettert und standen weinend vor Marie und Oskar.

»Was ist mit Mama?«, fragte Friedrich ganz verzagt.

»Ich will zur Mama!« Rosa war flink zu Marie ins Bett gesprungen und versuchte sich unter der Bettdecke zu verstecken.

Oskar zog sie unsanft an den Beinchen raus. »Rosa, die Mama ist krank! Du darfst nicht zu ihr, sonst wirst du auch krank! Hast du mich verstanden?«

Er stellte Rosa zurück auf den Boden, schob die Kinder aus der Kammer in die Küche. »Jetzt seid still und setzt euch da hin. Ich komme gleich und mach euch Frühstück.«

Oskar überlegte verzweifelt, was nun zu tun sei. Kalte Wickel! Er erinnerte sich daran, dass er im Waisenhaus einmal hohes Fieber gehabt hatte und eine Schwester ihm die Waden mit kalten Tüchern umwickelt hatte. Er lief zur Bassena, tränkte zwei Stoffwindeln und wrang sie aus. Die Kinder saßen mucksmäuschenstill auf der Küchenbank, Friedrich hatte eine Decke um sich und seine kleine Schwester gewickelt. Sie spürten anscheinend, dass es nicht die richtige Zeit war, sich über die Kälte zu beschweren oder nach dem Frühstück zu quengeln.

Marie öffnete nicht mal die Augen, als Oskar ihr die kalten Tücher um die Beine wickelte. Er hob ihren Kopf vorsichtig an und versuchte ihr Wasser einzuflößen, sie schluckte nur wenig und hustete den Rest wieder aus.

»O mein lieber Gott, wo immer du bist und wer immer du bist, nimm mir meine Marie nicht weg.« Oskar murmelte ein kurzes Gebet, das er aus seiner Kindheit noch kannte. Nicht, dass er daran glaubte, aber schaden konnte es ja auch nichts. Dann drückte er Maries Hand und sagte leise: »Mein Schatz, schlaf einfach. Alles wird wieder gut, mach dir keine Sorgen. Ich versorge jetzt die Kinder, und dann gehe ich in den Laden zum Fernsprechapparat und rufe den Herrn Doktor an. Er wird kommen, und dann geht's dir gleich besser.«

Ein bisschen warme Milch und für jeden einen Kanten vom harten Brotlaib. Die Kinder beschwerten sich nicht.

»So, Fritzi, du bist jetzt ein großer Bruder und hilfst deiner Schwester beim Anziehen. Wir gehen zusammen schnell ins Geschäft.«

»Aber die Mama?«

»Die Mama muss schlafen.«

»Aber wir können sie nicht allein lassen.«

»Ja, Friedrich, ich weiß, aber wir müssen nach dem Doktor telefonieren. Und wir kommen gleich wieder.«

Oskar musste sich sehr beherrschen, dass er die Kinder nicht anfuhr, weil sie trödelten, sich zankten, sich beim Überqueren der Straße nicht die Hand geben wollten. Vor dem Laden war er so nervös, dass er den Schlüssel kaum ins Schloss brachte. Dann stand er vor seinem Telefon im Hinterzimmer und überlegte angespannt, wie der Name des Arztes war. Dr. Zöchling! Nach ein paar Sekunden war es ihm wieder eingefallen, und er ließ sich verbinden. Zum Glück war der Arzt sofort am Apparat, er klang müde und resigniert, versuchte dennoch Oskar zu beruhigen und ließ sich den Zustand seiner Frau schildern.

»Wie hoch ist das Fieber?«

»Ich weiß es nicht. Ich habe nicht gemessen, ich wollte so schnell wie möglich Hilfe holen. Aber sie ist sehr heiß.«

»Ist Ihre Frau bei Bewusstsein?«

»Sie hat mich kurz angesehen, aber gesagt hat sie nichts.«

»Hustet sie?«

»Ja.«

»Auswurf?«

»Wie bitte?«

»Na, ob sie etwas ausspuckt, wenn sie hustet?«

»Ich weiß nicht. Herr Doktor, können Sie kommen?«

»Ja, ich komme so früh ich kann. Spätestens am Abend. Geben Sie der Sprechstundenhilfe bitte Ihre genaue Adresse. Und gehen Sie in die Apotheke und kaufen Sie Aspirin und Süßholzsaft. Recht viel mehr können wir nicht machen. Beten Sie, egal zu welchem Gott.«

»Ja, Herr Doktor. Vielen Dank.«

»Und, Herr Nowak?«

»Ja?«

»Haben Sie Familie?«

»Ja, zwei Kinder. Drei und fünf Jahre alt.«

»Sie dürfen nicht zu ihrer Mutter! Hören Sie, die Krankheit Ihrer Frau ist höchst ansteckend. Und wenn Sie zu ihr gehen, nur ganz kurz, um sie zu versorgen, und dann binden Sie sich bitte ein Tuch um Mund und Nase. Und waschen Sie sich jedes Mal, wenn Sie sie berührt haben, die Hände mit heißem Wasser! Haben Sie mich verstanden?«

Oskar hielt den schweren Telefonhörer in der Hand und fühlte die Tränen aufsteigen. Sein Hals war wie zugeschnürt, und dass die Kinder mit schreckgeweiteten Augen stumm vor ihm standen, machte sie Sache noch schlimmer.

»Haben Sie mich verstanden? Herr Nowak, das ist sehr, sehr wichtig. Sie wollen ja nicht, dass Ihre Kinder auch krank werden.«

»Jawohl, Herr Doktor, ich habe Sie verstanden. Bitte kommen Sie bald.«

Es folgten Tage wie in einem Alptraum. Marie lag apathisch im Bett, sie bewegte sich oft lange Zeit gar nicht, starrte mit halb offenen Augen an die Decke, dazwischen wurde ihr Körper von heftigen Hustenanfällen geschüttelt.

Oskar hatte ein Schild an die Tür der Buchhandlung geklebt: *Wegen Krankheit geschlossen*; er musste rund um die Uhr seine Frau und die Kinder versorgen. Als der Doktor bei ihnen gewesen war, hatte er sich nach der Untersuchung in der kleinen Wohnung umgeblickt. Er wusch sich sorgfältig die

Hände in der Schüssel mit heißem Wasser, die Oskar vorbereitet hatte, und sagte: »Viel kann man nicht tun. Wir können nur abwarten und hoffen, dass Ihre Frau es schafft, aber sie ist eine Kämpferin. Schlafen Sie alle in einem Zimmer?«

»Ja, wir haben nur das eine. Und die Küche.«

»Sie müssen mit den Kindern in der Küche schlafen. Am besten wäre es, sie würden die Kinder außer Haus geben. Haben Sie Familie?«

»Nein, das ist meine Familie.« Oskar machte eine hilflose Geste und nickte den Kindern zu, die still auf dem Sofa saßen.

»Gut, schauen Sie, dass sie alle so wenig wie möglich Kontakt zu Ihrer Frau haben. Ich weiß, es ist sehr schwierig, aber wirklich wichtig. Euch geht's gut?« Er wandte sich Rosa und Friedrich zu, und beide nickten schüchtern.

»Darf ich mal in euren Hals schauen?«

Die beiden machten folgsam den Mund auf und streckten die Zunge raus.

»Sie sind gesund. Noch. Bitte beobachten Sie die beiden, und wenn sie irgendwie anders sind, messen Sie Fieber.«

Nach dem Besuch richtete Oskar den Kindern ein Lager in der engen Küche und versuchte, ihnen das Schlafen auf der dünnen Matratze am Küchenfußboden, eingezwängt zwischen Herd und Tisch, als lustiges Abenteuer zu verkaufen. Doch Friedrich sah ihn mit seinen dunklen Augen einfach nur an, als wüsste er genau um den Ernst der Lage und würde nur seinem Vater zuliebe mitspielen. Oskar legte sich auf das viel zu kurze Küchensofa, stellte sich alle drei Stunden den Wecker und kletterte vorsichtig über die schlafenden Kinder, um nach Marie zu sehen. Immer wieder flößte er ihr Hustensaft ein, wechselte die verschwitzten Laken, erneuerte die kalten Wickel.

In der dritten Nacht schließlich hatte er das Gefühl, es hätte sich etwas verändert. Marie hatte den ganzen Abend über weniger gehustet, ihre Augen glänzten nicht mehr ganz so fiebrig, und sie hatte sich sogar ein paar Löffel Suppe einflößen lassen. Es war noch früh, fahles Mondlicht schien durch die Vorhänge, als Oskar aufwachte und die Tür ins Schlafzimmer öffnete. Zunächst sah er seine Frau gar nicht, sie hatte die Bettdecke fast über ihren Kopf gezogen, atmete aber ruhig und gleichmäßig. Oskar trat vorsichtig ans Bett und wollte die Decke zurechtrücken, da erstarrte er. Um Maries Hals waren kleine Arme geschlungen, er blickte genauer hin und sah seine kleine Tochter, wie sie, friedlich schlafend, ganz eng neben ihrer Mutter lag. Beide wirkten entspannt und glücklich.

Nach ein paar Tagen war Marie anscheinend über den Berg, und Oskar erlaubte einen Besuch von Fanni. Sie durfte aber nicht zu Marie ins Schlafzimmer, hielt sich ein Tuch vor den Mund, blieb in der Tür stehen und redete mit sanfter Stimme auf ihre kranke Freundin ein. Diese versuchte sogar einmal ein zaghaftes Lächeln, bis sie der Husten wieder zurück auf die Kissen zwang. Zweimal überredete Fanni Oskar, ihr die Kinder zu einem Spaziergang mitzugeben, er zögerte, wollte seine Familie beisammenhalten.

»Komm, Oskar! Wir ziehen sie warm an, und in zwei Stunden bringe ich sie zurück. Sie sind gesund und müssen mal raus. Wir gehen eine kleine Runde, und dann trinken wir einen Kakao im Café. Falls es einen gibt. Und du legst dich aufs Sofa und schläfst ein bisschen, du siehst aus wie der Tod.«

Widerwillig gab Oskar nach, er sehnte sich tatsächlich nach zwei Stunden Ruhe, und nachdem Fanni und die Kinder die Wohnung verlassen hatten und er noch einen Blick auf Marie geworfen hatte, schlief er augenblicklich ein.

Im Traum hörte er seine Frau reden und die Kinder aus vollem Hals lachen. Er wollte gar nicht mehr aufwachen und hielt die Augen fest geschlossen. Nur noch ein wenig in dieser Welt bleiben, in der alles gut war, seine Frau gesund und kräftig, die Kinder ausgelassen und fröhlich.

Als er die Augen dann doch aufmachte, glaubte er, weiterhin zu träumen. Fanni und die Kinder hockten an der Türschwelle zum Schlafzimmer, sie hatten eine Decke um ihre Körper gewickelt, und nur die Köpfe schauten hervor. Und sie lachten! Und das Schönste war: Er hörte die Stimme von Marie.

»Und stellt euch vor, Kinder, ich war im Traum in einer Welt unter Wasser. Da waren ganz viele bunte Fische und Krebse, und einmal – ich schwöre es – kam ein glitzerndes Seepferdchen vorbei, das war mindestens so groß wie dieser Hund vom Fleischhauer, vor dem ihr euch immer so fürchtet, wisst ihr? Also, ich hab fast nicht atmen können, aber die Farben waren sehr schön.«

Oskar war schlagartig wach und sprang auf. Friedrichs Kopf fuhr herum, und er beeilte sich zu sagen: »Wir gehen eh nicht rein zur Mama. Wie du es gesagt hast! Aber schau, sie ist wieder wach und erzählt so lustige Geschichten.«

Und tatsächlich. Marie hatte sich aufgerichtet, lehnte an zwei dicken Polstern und erzählte den Kindern, mit leiser, aber bestimmter Stimme, von den »Abenteuern«, die sie in den letzten zehn Tagen erlebt hatte. Ihre Wangen hatten ein wenig Farbe, und der Fieberglanz war aus ihren Augen verschwunden. Oskar stieg über die Kinder und Fanni und reichte Marie das Thermometer.

»Ich hab kein Fieber mehr, Schatz! Ich kann es doch spüren!«

»Ich will es sehen! Schwarz auf weiß. Los, messen!«

»Jawohl, Herr General.«

Nach ein paar Minuten reichte Marie ihrem Mann mit triumphierender Miene das Fieberthermometer.

»36,5!«

»Sag ich doch.«

Oskar war so erleichtert, er sank förmlich auf Maries Bett und nahm sie in die Arme. Inzwischen waren auch die Kinder unter ihrer Decke hervorgekrochen und standen erwartungsvoll an der Schwelle zum Schlafzimmer.

»Ich glaube, ihr könnt jetzt auch zur Mama. Sie ist wieder gesund! Aber leise sein, sie muss erst wieder zu Kräften kommen.«

Dieser Ratschlag verhallte ungehört, laut jubelnd stürzten sich die Kinder zu Marie aufs Bett und kuschelten sich an sie.

»Ja, meine Süßen! Ich hab euch auch vermisst. Wo wart ihr denn die ganze Zeit?«

»Wir waren da, Mama. Aber wir waren immer ganz leise. Wir haben sogar in der Küche geschlafen. Waren wir brav?« Fritzi wollte seine Mutter gar nicht mehr loslassen, vergrub seinen Kopf in ihrer Halsbeuge, sodass man ihn kaum verstehen konnte.

»Ihr wart so brav. Ich bin sehr stolz auf euch, meine Großen!«

An diesem Abend brachte Oskar die Kinder nur mit großer Mühe von ihrer Mutter weg, immer wieder erklärte er ihnen, dass sie noch Ruhe brauche und sie heute Nacht noch einmal in der Küche schlafen müssten. Aber morgen, spätestens übermorgen würden sie wieder alle zusammen übernachten.

Als er ein paar Tage später die Wohnungstür aufschloss, spürte er schon beim Eintreten, dass etwas vorgefallen sein musste. Dabei war es ein wirklich guter Tag gewesen, mehrere Kunden waren da gewesen, einer hatte einen teuren Atlas gekauft, ein anderer gleich drei Geschenke für seinen Schwiegervater. Jetzt würde sich das Blatt wenden, sie hatten einen Krieg überstanden und Marie sogar die schlimme Grippe, an der so viele gestorben waren. Es würde wieder aufwärts gehen.

Marie stand am Herd und drehte sich nicht um, als Oskar in die Küche trat. Sie hatte die Schultern ein wenig hochgezogen, und Oskar bemerkte, wie dünn sie geworden war. Schmal und knochig sah sie aus. Friedrich saß am Tisch und malte mit seinen drei Buntstiften auf einem kleinen Stück Papier.

»Schau mal, Papa! Ein Zug. Ich habe einen Zug gezeichnet.«

Oskar blickte flüchtig auf das Blatt und strich Fritzi über den Kopf. »Sehr schön, mein Großer, sehr schön. Wo ist deine Schwester?«

»Die schläft.« Friedrich vertiefte sich wieder in sein Bild, er schien ganz froh zu sein, seine anstrengende kleine Schwester ein bisschen los zu sein.

»Um diese Uhrzeit?« Oskar schaute auf die Küchenuhr, es war kurz nach sechs.

Da drehte sich Maria um, und er erschrak. Sie weinte. Oskar nahm sie in den Arm und ahnte bereits, dass sein heutiges Glücksgefühl nun ein jähes Ende haben würde.

»Rosa hat Fieber. Fast schon 39 Grad.«

»Warum hast du mich nicht geholt?«

»Es ging ganz schnell. Am Vormittag war sie noch recht munter, und als sie nach dem Mittagsschläfchen aufgewacht ist, war sie irgendwie schlecht gelaunt. Aber sie kam mir nicht krank vor. Und nun liegt sie da drinnen und glüht. Ach, Oskar, was sollen wir jetzt tun?«

»Der Doktor ist nicht mehr da. Es ist schon zu spät. Ich geh mal zu ihr.«

Rosa lag reglos in ihrem Bettchen. Er legte ihr die Hand auf die Stirn und zuckte fast zurück, so heiß fühlte sie sich an. Kurz öffnete das Kleinkind die Augen, schien seinen Vater aber nicht zu erkennen.

»Wir müssen mit ihr ins Krankenhaus.« Oskar versuchte, bestimmt zu klingen, er musste jetzt die Nerven bewahren.

»Glaubst du? Ich hab ihr Wickel gemacht, aber das Fieber steigt so schnell. Vorhin hat sie mich angeschaut und mich nicht erkannt. Sie hat nach ihrer Mama gerufen.«

»Ja, wir fahren jetzt ins Krankenhaus. Los, Friedrich, zieh dich an. Wir fahren in einem Taxi.«

»Wirklich? In einem echten Automobil?«

»Aber Oskar, wir können das doch gar nicht bezahlen!«

»Ihr zieht euch jetzt an, und ich geh in den Laden, hole das Geld, das ich heute eingenommen habe, und bestelle uns ein Taxiauto. Los jetzt.«

»Wo soll's denn hingehen?«, fragte der Taxifahrer, und als Marie antwortete: »Ins Allgemeine Krankenhaus, bitte«, deutete der Fahrer auf das Bündel in Oskars Arm. »Fieber? Husten?«

»Ja, seit heute Nachmittag. Bitte schnell.«

Da zog der Chauffeur ein Tuch über Mund und Nase und stieg aufs Gaspedal.

Friedrich fuhr das erste Mal mit einem Auto, thronte am Fenster und sah begeistert zu, wie die Stadt an ihm vorbeizog. Oskar und Marie saßen dicht aneinandergedrückt, Oskar hielt Rosas kleinen, heißen Körper fest an sich gepresst.

Als der Fahrer mit quietschenden Reifen vor dem Krankenhaus hielt, verlangte er nur die Hälfte des Fahrpreises. »Meine Nichte hatte auch die Grippe …«, murmelte er, und mit einem leisen »Viel Glück« fuhr er davon.

Eine Krankenschwester nahm Oskar seine Tochter ab, legte sie in ein Kinderbettchen mit Rädern und deckte sie zu. Diese wimmerte nur kurz auf, hustete erbärmlich und sank wieder in einen tiefen Schlaf. Dann wurde alles abgefragt: Alter, Gewicht, Vorerkrankungen, Anzahl der Geschwister, Wohnverhältnisse.

»Und der Bruder? Kein Fieber?«

»Nein, der ist ganz munter.«

»Und Sie beide? Wie fühlen Sie sich?«

»Gut«, sagte Marie. »Also, ich bin noch ein wenig schwach, ich war sehr krank in den letzten Wochen.«

»Sie hatten die Grippe.« Es war eine Feststellung, keine Frage.

»Ja, zehn Tage. Aber mir geht's wieder gut.«

»Und die Kinder wohnen mit Ihnen im selben Haushalt?«

»Natürlich, wo sollten sie denn sonst wohnen? Jetzt kümmern Sie sich doch bitte endlich um unser Kind.« In Oskars Stimme schwang Panik.

Die Schwester maß Rosas Temperatur und schaute kurz auf das Thermometer. »Das sieht nicht gut aus. Sie hat fast vierzig Fieber. Wir geben ihr jetzt Aspirin und Chinarinde. Mehr können wir nicht tun. Abwarten und beten. Wir behalten sie hier, und Sie fahren jetzt nach Hause. Vor allem mit dem Buben, das ist kein Ort für gesunde Kinder. Wir wollen hoffen, dass er sich nicht auch angesteckt hat.

»Wir wollen hierbleiben.« Marie konnte die Tränen nicht mehr zurückhalten. »Ich kann sie doch nicht allein lassen, sie wird schreckliche Angst haben.«

»Ihre Kleine hat so hohes Fieber, sie bekommt gar nicht mit, wo sie ist. Fahren Sie nach Hause, und kommen Sie morgen früh wieder. Aber ohne den Bruder, er darf hier nicht rein.«

Die Krankenschwester packte das kleine Bett entschlossen am Griff und schob es hinter eine weiße Tür.

Oskar und Marie standen noch ein paar Sekunden still nebeneinander im Krankenhausgang und starrten auf die Milchglasscheiben. Friedrich löste sie aus der Erstarrung, indem er beide an den Händen fasste und sagte: »Mama, Papa, ich bin so müde, fahren wir wieder mit dem Automobil?«

»Nein, Fritzi, wir gehen zu Fuß nach Hause. Es ist ja nicht weit. Du bist ein großer Bub, und das wird dein erster Nachtspaziergang.« Oskar bemühte sich, sich seine Verzweiflung nicht anmerken zu lassen. Marie hingegen wirkte wie erloschen.

»Bist du warm genug angezogen, meine Liebe?« Oskar zog das Schultertuch über ihren Mantel.

»Ja, ja, es geht schon. Mir ist nicht kalt.«

Die Entfernung von der Spitalgasse nach Hause in die Währinger Straße war nicht weit, Oskar war den Weg schon Hunderte Male gegangen. Doch in dieser Nacht erschien er ihm endlos, ab dem Währinger Gürtel musste er Friedrich tragen, der arme Bub schlief fast im Gehen ein.

Sie lagen nebeneinander im klammen Bett, jeder blickte starr an die Decke. Marie flüsterte kaum hörbar: »Es ist meine Schuld. Ich hab sie angesteckt. Ich hätte besser aufpassen müssen, warum haben wir sie nicht weggegeben?«

Oskar war zu erschöpft, um Marie in den Arm zu nehmen. Er suchte unter der dicken Tuchent ihre Hand und sagte leise: »Das darfst du nicht denken. Niemand ist schuld! Wenn, dann hätte wohl ich besser aufpassen müssen. Und außerdem: Wo hätten wir sie hingeben sollen?«

Irgendwie verging die Nacht dann doch. Sobald es ein wenig hell wurde, zog Oskar sich an und machte sich auf den Weg ins Spital. Nur mit Mühe konnte er Marie davon abhalten, ihn zu begleiten. »Du hast doch gehört, wir dürfen Friedrich nicht mitnehmen. Du bleibst mit ihm hier, und ich komme ganz schnell wieder zurück. Du wirst sehen, alles wird gut.«

Seine Schritte wurden immer langsamer, je näher er dem Krankenhaus kam. An der Anmeldung war eine andere Schwester, er sagte seinen Namen und dass er nach seiner Tochter sehen wolle, die sie heute Nacht gebracht hätten.

»Warten Sie bitte hier einen Augenblick. Der Herr Doktor kommt gleich zu Ihnen«, sagte die junge Frau, nachdem sie in einer Mappe geblättert hatte.

Oskar setzte sich auf die äußerste Kante des Holzstuhls und fixierte die Tür, durch die seine kleine Tochter gestern verschwunden war. Alles wird gut werden. *Sie ist im Krankenhaus, sie kümmern sich um sie,* sagte er sich immer wieder in Gedanken vor.

Der Arzt, der durch die Flügeltür trat, sah aus, als hätte er seit mehreren Tagen nicht geschlafen. Sein Gesicht war grau, die Augen lagen in tiefen Höhlen, und sein Bart war schon länger nicht gepflegt worden.

»Herr Nowak?«

»Ja?« Oskar sprang erwartungsvoll auf.

»Bitte nehmen Sie wieder Platz.« Der große, schlanke Mann setzte sich auf den Stuhl neben Oskar, faltete seine Hände und seufzte tief. Da wusste Oskar, nichts würde gut werden, gar nichts mehr.

»Sind Sie der Vater der kleinen Rosa Nowak?«

»Ja.«

»Es tut mir sehr leid. Wir konnten nichts mehr für Ihr Kind tun. Das Fieber stieg und stieg, und wir haben es nicht geschafft, es zu senken.«

Oskar hörte die Stimme des Arztes wie durch eine Wand, sie war ganz weit weg, und in seinen Ohren setzte ein Rauschen ein.

»Herr Nowak? Möchten Sie ein Glas Wasser? Sollen wir jemanden verständigen?«

»Kann ich sie noch mal sehen?« Oskar hörte sich den Satz aussprechen und dachte gleichzeitig, er wäre in einem Traum und würde gleich aufwachen.

»Ja, natürlich. Bitte folgen Sie mir.«

Der Arzt brachte ihn in ein kleines Zimmer und öffnete die Tür. »Bitte, nehmen Sie sich Zeit. Ich lasse Sie allein. Sie ist einfach eingeschlafen, hat nicht gelitten. Es tut mir so leid.«

September 1924

FAST FÜNF JAHRE war Rosas Tod nun her. Als Marie wochenlang aus Trauer um ihr totes Kind wie erstarrt gewesen war, hatte Fanni sich nicht abwimmeln lassen und war stundenlang bei den Nowaks in der Küche gesessen. Zunächst wehrte sich Marie heftig dagegen, wollte niemanden sehen, außer ihrem Mann und Friedrich, doch Fanni kam beharrlich jeden Tag, ging ein wenig mit Fritz spazieren und blieb dann einfach da.

In dieser Zeit begann Fanni von ihrer großen Liebe zu reden. Marie fragte nicht nach, meist lag sie auf dem Bett oder Sofa und starrte an die Decke. Und Fanni erzählte von ihrer Fahrt auf dem großen Schiff und wie sehr sie sich gefreut hatte, so lange ungestört mit Dorothea zusammen zu sein. Die beiden hatten sich auf einem Ball ein Jahr zuvor kennengelernt, und es hatte nicht lange gedauert, bis sie ein Paar wurden. Niemand wusste von der Existenz der Dorothea Immervoll in Fannis Leben, sie wagte es nicht mal, Dorothea als harmlose Freundin mit nach Hause zu bringen, zu groß war die Angst, erwischt zu werden. »Weißt du, das hätte jeder gemerkt, verliebt, wie wir waren. Na gut, mein Vater vielleicht nicht, aber meine Mutter in jedem Fall.« Also blieb ihre Beziehung zu Dorothea ein Geheimnis, und diese Amerikareise bedeutete das große Glück für die beiden. Ein Schiff, auf dem sie niemand kannte, ein Land, weit weg von daheim. »Vielleicht wären wir gar nicht mehr zurückgekommen«, beichtete Fanni kleinlaut.

Sie hatten natürlich zwei Kabinen auf der Titanic gebucht,

alles andere wäre unschicklich gewesen. Jede Nacht wollten sie zusammen verbringen, doch dann gab es das große Unglück, das Schiff ging unter, und nur Fanni überlebte wie durch ein Wunder.

»Weißt du, ich weiß genau, wie es dir geht«, sagte Fanni und nahm Maries leblose Hand. »Ich wollte damals auch nicht mehr weiterleben. Ich hab sie so geliebt.«

Marie sagte nichts, wandte den Kopf ab.

»So eine Wut hatte ich auf alle, die mir gesagt haben, dass das Leben weitergeht. Dass ich alles vergessen werde. Aber weißt du, ich hatte ja niemandem von Doro erzählt. Nur dir, weißt du noch?«

Marie dachte an die Zeit, die sie mit Fanni damals im Sanatorium am Türkenschanzpark verbracht hatte. Stunden, in denen sie einfach nur spazieren gegangen waren oder auf einer Parkbank gesessen hatten. Aber auch viele Momente, in denen sie geredet hatten und Fanni mit erstickter Stimme von der großen Liebe ihres Lebens erzählt hatte. Die gestorben war, ohne dass sie sich auch nur hatte verabschieden können.

»Weißt du, damals dachte ich, der Schmerz frisst mich auf. Ich würde einfach mein ganzes weiteres Leben traurig sein. Und darum wollte ich auch nicht mehr weiterleben. Aber weißt du was? Der Schmerz hört nie auf, egal, was die Leute sagen. Er wird nur anders.«

»Glaubst du?« Marie sprach zögerlich, es war ein wenig, als müsste sich ihre Stimme nach dem langen Schweigen wieder ans Sprechen gewöhnen.

»Ja, ganz sicher. Und du hast Friedrich. Er braucht dich. Außerdem wirst du wieder ein Kind haben. Ganz sicher.«

»Es muss schrecklich sein, mit niemandem darüber zu sprechen. Und du hast ja nicht mal ein Grab, zu dem du gehen kannst.«

»Mit dir konnte ich sprechen. Das hat mir das Leben gerettet. Wollen wir morgen zu Rosas Grab gehen?«

»Ich weiß nicht.«

»Überleg es dir halt.«

Fanni hatte recht gehabt damals: Der Schmerz war noch da, auch jetzt noch, nach Jahren. Aber er war anders geworden, Rosa war Teil ihrer Familie, auch wenn sie nicht mehr ständig an sie dachte. Sie freute sich über den fleißigen Friedrich, und der kleine Paul mit seiner guten Laune war sowieso ein Segen für alle.

Inzwischen ging Marie regelmäßig zu Rosas Grab auf dem Währinger Friedhof. Am liebsten allein, aber manchmal begleitete sie auch der kleine Paul, der seiner »großen« Schwester, wie er sie nannte, gerne ein paar Gänseblümchen oder Löwenzahn aufs Grab legte.

»Ich habe jemanden kennengelernt.« Fanni strahlte sie an.

Es war ein wunderschöner Herbsttag, die Sonne schien ihre letzten Kräfte zu mobilisieren, und Fanni und Marie waren mit Paul im Burggarten unterwegs. Der Vierjährige war vorausgerannt, er liebte es, draußen zu sein, konnte sich stundenlang allein beschäftigen. Oder besser gesagt: mit der Natur. Vögel zu beobachten, einer Spinne in ihrem Netz so lange zuzusehen, bis sie eine Fliege gefangen hatte, all das wurde ihm nie zu langweilig, und nun lag er bäuchlings auf dem Boden des Theseustempels und zählte Ameisen.

»Wie? Du hast jemanden kennengelernt?« Marie blieb mitten auf dem Weg stehen und sah ihre Freundin an.

»Na ja, etwas Ernstes.«

»Ja, aber …«

»Vielleicht werde ich heiraten?«

»Aber das geht doch nicht!«

»Warum sollte das nicht gehen?«

»Ja, weil du doch ...«

»Tante Fanni! Mama! Ihr müsst kommen! Da ist eine riesige Ameisenstraße. Und sie haben ein Stück Brot gefunden, und das tragen sie jetzt nach Hause. Schaut euch das an!«

Der Kleine packte seine Mutter und Fanni an der Hand und zog sie in Richtung des Tempels. Marie rollte mit den Augen und blickte Fanni fragend an. Die lachte nur und wandte sich dem Kind zu. »Na, du kleiner Forscher? Wo sind deine Ameisen?«

»Weißt du irgendwas über Fanni? Du hast doch den alten Gold letzte Woche getroffen?« Marie stürmte in den Laden, Oskar war gerade dabei, den Kassentisch neu zu dekorieren.

»Was meinst du? Was sollte ich wissen?«

»Sie hat angedeutet, dass sie jemanden kennengelernt hat.«

»Aber Fanni lernt doch oft jemanden kennen.«

»Sie meinte, es sei etwas Ernstes. Sie sagte was von Heiraten!«

»Ich weiß von nichts. Und wer sollte das sein? «

»Ja, ich weiß auch nicht, was sie meint.«

»Warum hast du sie nicht gefragt?«

»Wollte ich eh, aber Paul war dabei. Und getraut hab ich mich auch nicht.«

Obwohl Fanni mit den Jahren zu ihrer besten Freundin geworden war, gab es zwischen ihnen ein großes Tabuthema: das Liebesleben. Sie hatte durch Oskar gelernt, die Liebe und Nähe zueinander zu genießen und war zutiefst dankbar, mit Oskar so einen gefühlvollen und zärtlichen Mann an ihrer Seite zu haben. Aber mit jemandem darüber reden? Niemals würde sie das tun. Und so sparte sie auch mit Fanni dieses Thema beflissen aus und fragte nicht nach dem, was Fanni so trieb, wenn sie sich in den zahlreichen zwielichtigen Bars oder Clubs die Nächte um die Ohren schlug. Es war Marie immer ein wenig unangenehm, wenn Fannis Vater, der alte Jakob Gold, Marie beiseitenahm und ihr leise zuflüsterte, sie solle doch mal auf seine Tochter einwirken, das könne doch nicht sein, dass es für sie keinen Interessenten gebe. Schließlich war sie eine schöne junge Frau, das einzige Kind und sollte eine gutgehende Buchhandlung übernehmen. Dazu gehörten schließlich ein Ehegatte und am besten auch noch ein oder zwei Kinder. Bei einem dieser Gespräche hatte sich Marie sogar mal ein Herz gefasst und versucht, dem alten Herrn behutsam zu erklären, dass sich die Zeiten geändert hatten. Dass es inzwischen durchaus junge Frauen gab, die nicht heirateten, allein lebten und ein eigenes Einkommen hatten.

»Das weiß ich doch, mein Kind.« Jakob Gold schüttelte den Kopf. »Ich seh sie doch immer wieder in der Buchhandlung mit ihren Bubiköpfen und seltsamen Kleidern, aber so ist doch meine Fanni nicht! Sie ist klug und schön und die einzige Erbin einer Traditionsbuchhandlung. Ich habe gehofft, das wächst sich aus, ich meine, dass sie sich nicht für Männer interessiert.«

Eine Woche später kam Fanni in die Buchhandlung und strahlte übers ganze Gesicht. »Habt ihr am Samstag Zeit? Ich würde euch gerne zum Essen einladen.«

»Gibt es was zu feiern? Du hast doch noch gar nicht Geburtstag!«

»Nein, hab ich nicht. Ich würde euch gerne jemanden vorstellen. Um acht im Sacher!«

»Gut, wir werden kommen.«

Obwohl Paul inzwischen schon vier Jahre alt war, waren Oskar und Marie bisher erst dreimal ohne Kinder aus gewesen. Niemals hätten sie ihre Kinder allein gelassen, obwohl der zehnjährige Friedrich recht verantwortungsbewusst war. Doch Marie las oft die Schreckensmeldungen aus dem Chronikteil der Zeitung und stellte sich die aufgelisteten Unglücksfälle drastisch vor. *Fünfjähriger aus dem Fenster gefallen, Wohnungsbrand durch defekten Küchenherd, Einbruch mit Totschlag, plötzlicher Kindstod.* Und auch wenn Oskar sich immer ein wenig über ihre blühende Fantasie lustig machte, drängte er selbst nie darauf, am Abend etwas zu unternehmen. Manchmal allerdings saßen sie zusammen am Küchentisch, studierten das Theater- oder Kinoprogramm und malten sich aus, wie es wäre, ein Leben wie die Familie Schnitzler zu führen. »Fast jeden Abend sind sie ausgegangen, stell dir das mal vor!« Marie sah es immer noch vor sich, wie die gnädige Frau in Abendgarderobe die Kinder kurz geküsst und ihnen eine gute Nacht gewünscht hatte.

»Ja, die hatten ja auch ein verlässliches Kindermädchen.« Oskar lachte. »Bei der würde ich meine Kinder auch lassen.«

»Das stimmt. Aber selbst, wenn wir uns eines leisten könnten, wo sollte die denn schlafen? Im Kabinett?«

»Wir sind doch auch so glücklich, oder?« Oskar faltete den Kulturteil der Zeitung entschlossen zusammen.

»Glücklicher als Herr und Frau Schnitzler sind wir ganz bestimmt.«

Doch seit einem halben Jahr hatte sich die Situation geändert. Eine neue Familie war ins Nachbarhaus gezogen, die Löwensteins, und mit ihnen ihre sechzehnjährige Tochter Sara. Sara machte eine Lehre als Hutmacherin im Geschäft direkt neben der Buchhandlung, und ihre Mittagspause verbrachte sie fast jeden Tag bei Oskar und Marie im Laden. Sie liebte Bücher, las in jeder freien Minute, und das Wenige, das sie von ihrem Lohn nicht zu Hause abgeben musste, landete in der Kassa der Nowaks. Und irgendwann hatte Oskar eine Idee gehabt. »Sag mal, möchtest du hin und wieder auf Friedrich und Paul aufpassen? Ich würde dich mit einem Buch bezahlen.«

Sara hatte begeistert genickt. »Ich mach das sehr gerne, auch ohne Buch. Ich liebe die zwei Buben.«

»Das kommt nicht infrage. Ohne Buch kein Aufpassen.«

Und so hütete Sara die beiden Kinder das erste Mal, als Oskar und Marie ihren Hochzeitstag feierten. Marie wusste von nichts, hatte kaltes Abendessen vorbereitet und wunderte sich nur ein bisschen, dass die Kinder so aufgeregt waren, als Oskar endlich nach Geschäftsschluss heimkam.

»Zieh dich schön an, meine Liebe! Wir gehen aus«, rief er und warf seinen Hut auf den Garderobenhaken.

»Wohin gehen wir? Was hast du vor?«

»Frag nicht lange. Zieh dein gutes Kleid an!«

»Aber die Kinder müssen ins Bett. Und ich habe Jause hergerichtet.«

»Die Kinder essen die Jause allein, und dann gehen sie ins Bett.«

Und bevor Marie nachfragen konnte, klingelte es auch schon, Paul sprang zur Tür und riss sie auf.

»Guten Abend, bin ich zu früh?« Sara stand schüchtern in der Tür.

»Zu früh für was?« Marie blickte sich fragend um.

Da konnte Paul nicht mehr an sich halten und hüpfte zwischen Sara und seinen Eltern hin und her. »Die Sara bringt uns heute ins Bett! Und sie liest uns ganz lange vor.«

»Jawohl, Paul hat recht. Und wir gehen heute aus, denn es ist unser Hochzeitstag. Und jetzt zieh dich schnell um, das Theater beginnt um acht.«

Inzwischen hütete Sara die Kinder mit einer gewissen Regelmäßigkeit, und Oskar und Marie genossen ihre Zweisamkeit. So gingen sie hin und wieder ins Theater, ins Kino oder aber sie spazierten durch den Park und schätzten die Stunden zu zweit. Auch die Kinder waren zufrieden, wenn sie Zeit mit ihrer jungen Nachbarin verbringen konnten.

Marie freute sich auf den Abend im Sacher und war neugierig auf Fannis geheimnisvollen Unbekannten. Oder war es eine Unbekannte? Sie zog ihr bestes Kleid an, Oskar seinen dunklen Anzug, und Sara kam ein bisschen früher und half ihr, die Haare hochzustecken. Die Kinder sahen sie begeistert an, als sie sich verabschiedeten: »Ihr schaut aus wie feine Leut«, lachte der kleine Paul und gab Marie einen Abschiedskuss.

»Wir sind feine Leut, du frecher Kerl«, antwortete Marie und schloss ihren kleinen Sohn in die Arme.

Sie waren viel zu früh dran und gingen noch eine Runde spazieren. Vor der Oper blieben sie stehen und sahen gemeinsam an der beeindruckenden Fassade hoch. »Ich weiß noch so gut, als ich das erste Mal mit Fanni verabredet war«, sagte Oskar leise und drückte Maries Hand. »Das war auch im Sacher. Ich war sehr aufgeregt.«

»Und ich hab davon erfahren und war richtig bös auf dich.«

Oft sprachen die beiden über ihr Kennenlernen, als Marie im strengen Winter vor über zwölf Jahren durch eine ganze Ladung Schnee von der Markise der Buchhandlung fast verschüttet worden war. Immer wenn es schneite, erinnerte Oskar sie an die Begebenheit, und sie lachten darüber, dass sein Versäumnis, rechtzeitig den Schnee vom Vordach zu kehren, dazu geführt hatte, dass sie schließlich ein Paar geworden waren.

»Ja, ich weiß noch, wir waren mit den Kindern in der Menagerie, und du hast den ganzen Tag nicht mit mir geredet. Und ich wusste gar nicht, warum. Dabei war das mit der Fanni ja nicht einmal meine Idee gewesen. Woher wusstest du denn damals eigentlich davon?«

»Das hab ich dir doch schon erzählt.«

»Ich glaube nicht.«

»Doch, ganz sicher. Ich hab doch keine Geheimnisse vor dir!«

»Erzähl es mir noch mal!«

»Ja, weißt du nicht mehr? Der Heini wollte damals so gerne in den Zoo, und der Herr Doktor hatte es ihm versprochen, aber keine Zeit gefunden. Und da sollte ich mit den Kindern nach Schönbrunn fahren.«

»Ja, das weiß ich doch! Ich war ja dabei! Auch wenn du den ganzen Tag nicht mit mir gesprochen hast. Aber woher wusstest du, dass ich mit der Fanni aus war?«

»Ich hab bei den Herrschaften gelauscht. Die gnädige Frau war ja dagegen, dass du mich begleitest. Die hat geglaubt, ich werd gleich schwanger und dann haben sie die gleichen Scherereien wie mit der Sophie.«

»Und dann?«

»Geh, das hab ich dir doch schon erzählt! Der Herr Doktor hat sie beruhigt und gemeint, dass so ein gebildeter junger Herr wie du doch nicht so ein dummes Kindermädel nehmen würd. Und die Herren waren danach zufällig im Sacher und haben dich da mit der Fanni gesehen.«

Schon damals war der alte Buchhändler Gold auf der Suche nach einem Ehemann für seine einzige Tochter gewesen, und so hatte er gemeinsam mit Friedrich Stock den Plan geschmiedet, Oskar und Fanni zusammenzubringen, und damit auch die beiden Buchhandlungen zu fusionieren. Oskar hatte damals keine Ahnung davon, dass Friedrich Stock ihn als Nachfolger sah, und auch nicht, dass er vorhatte, ihn mit der reichen Buchhändlertochter zu verkuppeln. An dieses Abendessen bei den Golds mit der attraktiven Fanni, die selbstbewusst mit ihnen diskutierte,

Alkohol trank und den Männern wie selbstverständlich in den Rauchersalon folgte, erinnerte er sich, als wäre es gestern gewesen.

Nach einem gemeinsamen Opernbesuch, es war Oskars erste Wagneroper gewesen, hatte ihm die junge Frau relativ unverblümt erzählt, dass sie keinerlei Interesse an einer näheren Verbindung hatte, weder mit ihm noch mit irgendeinem anderen Kandidaten, den ihr Vater wie zufällig zum gemeinsamen Souper einlud.

Marie war sehr gespannt, als sie die Tür des Sachers aufstießen und der Kellner sie zu ihrem Tisch begleitete. Und da saß auch schon Fanni, die ihnen freudig entgegenwinkte und aufsprang.

»Da seid ihr ja! Wie schön, ich freue mich sehr.«

Der junge Mann, der an ihrem Tisch saß, war ebenfalls aufgestanden, hielt sich aber dezent im Hintergrund und wartete ab, bis die Freunde sich begrüßt hatten.

»Darf ich vorstellen: Das ist Laszlo Zsoltan, mein Verlobter.«

Er war mindestens zwei Meter groß, die zierliche Fanni reichte ihm gerade bis zu den Schultern. Sein dunkles Haar hatte er mit Pomade nach hinten gekämmt, sein dünnes Oberlippenbärtchen war so akkurat gestutzt, dass es wirkte, als hätte er sich einen dünnen Strich ins Gesicht gemalt. Im dunkelblauen Anzug steckte ein buntes Einstecktuch, und als er sich vorbeugte, um Marie die Hand zu küssen, roch sie sein schweres Aftershave.

»Gestatten, Zsoltan! Aber sagen Sie doch Laszlo zu mir! Es freut mich sehr, Sie endlich kennenzulernen. Fanni hat schon so viel von Ihnen erzählt. Bitte nehmen Sie doch Platz. Ein Gläschen Champagner?«

So schnell konnte Marie gar nicht schauen, da hatte sie schon ein Glas in der Hand und sie prosteten sich zu. Sie beobachtete

Fanni und diesen Herrn Zsoltan verstohlen. Was sollte das denn jetzt bedeuten? Warum wusste sie nichts von ihm? Obwohl die beiden bereits verlobt waren!

Fanni war sichtlich nervös, blätterte unentschlossen in der Speisekarte und tätschelte dem Herrn an ihrer Seite immer wieder die Hand. In Windeseile hatte sie ihr Glas geleert, und Laszlo Zsoltan ließ eine neue Flasche kommen.

Nachdem sie ihr Essen bestellt hatten, ebbte das Gespräch ab und es entstand betretenes Schweigen. Marie stupste Oskar mit dem Fuß unter dem Tisch an. Oskar verstand, dass er wohl die Unterhaltung in Gang setzen sollte, und fragte: »Und? Wo habt ihr euch kennengelernt?«

»In der Buchhandlung! Wo sonst?« Fanni lachte. »Laszlo ist Verleger in Budapest und möchte in Wien eine Niederlassung gründen. Da hat er sich mit meinem Vater getroffen.«

»Ja, und da verbrachte ich dann ein paar lange Abende im Haus der Familie Gold. Aber ab einem gewissen Zeitpunkt interessierte ich mich nur noch für die bezaubernde Tochter der Familie.« Er küsste Fanni galant die Hand, diese lächelte ihn an und strich zärtlich über seine Wange.

Bald war das Eis gebrochen, und die vier amüsierten sich. Sie hatten viele gemeinsame Gesprächsthemen, und Oskar und Laszlo verstrickten sich schnell in eine leidenschaftliche Diskussion über Thomas Mann. Laszlo Zsoltan bezeichnete den gerade erschienenen *Zauberberg* als geschwätziges Porträt einer veralteten Gesellschaft, und Oskar, ein glühender Verehrer Manns, konterte scharfzüngig. Marie hingegen beobachtete aufmerksam ihre Freundin und versuchte die Verbindung zwischen Fanni und diesem seltsamen dandyhaften Mann zu spüren. Was sollte das alles bedeuten? Eine junge Frau, die sich anscheinend nicht für Männer interessierte, und dann gleich eine Verlobung? Fanni bemerkte wohl Maries Unsicherheit und wich ihren Blicken aus. Sie unterhielt sich angeregt mit den Männern, bestellte noch eine Flasche Wein und Nachtisch für alle. Gerade als Marie zum Aufbruch mahnen wollte, brachte der Oberkellner eine junge Frau an ihren Tisch. Fanni und Laszlo sprangen auf, umarmten sie und wiesen den Kellner an, noch einen Stuhl zu bringen, auf den sie erschöpft sank.

»Wie unhöflich von mir, ich habe mich gar nicht vorgestellt.« Sie stand wieder auf und reichte Marie und Oskar die Hand. »Guten Abend, mein Name ist Anna Zsoltan, ich bin die Schwester von Laszlo.«

Marie und Oskar stellten sich ebenfalls vor.

»Möchtest du etwas essen?« Fanni winkte dem Kellner und ließ die Speisekarte bringen. »Wie war die Vorstellung?«

»Schön. Anstrengend, aber wunderschön. Ich liebe Carmen! Und Richard Tauber ist ein Gott!«

»Meine Schwester ist Tänzerin an der Staatsoper«, erklärte Laszlo nicht ohne Stolz in der Stimme.

Anna Zsoltan sah atemberaubend aus. Eine kleine, gertenschlanke Gestalt mit feuerrotem Haar, das auf Kinnlänge gestutzt war. Man nannte so etwas Bubikopf, wusste Marie aus der Zeitung. Auch der Rock war kurz und reichte nur bis knapp unters Knie. Durch die zierlichen Riemchenschuhe wirkten ihre Beine endlos lang. Sie rekelte sich auf dem Gasthausstuhl, schlüpfte aus den Schuhen, rieb die Füße aneinander, nahm das Champagnerglas, das Fanni ihr reichte, und trank es in einem Zug aus. »Santé«, lachte sie und hob das leere Glas in die Luft.

Jetzt erst bemerkte Marie, dass Oskar die junge Frau mit offenem Mund anstarrte, und wieder stieß sie ihm unterm Tisch gegen das Knie. Doch Anna schien daran gewöhnt zu sein, Aufmerksamkeit zu erregen, und schenkte Oskar einen Augenaufschlag. Oskar errötete wie ein kleiner Schulbub.

Dann wandte die junge Frau sich Marie zu und nahm ihre Hand. »Ich freue mich so, dass ich Sie endlich kennenlerne. Fanni hat mir so viel von Ihnen erzählt. Sie liebt sie wirklich sehr, wissen Sie das?« Ihr ungarischer Akzent war kaum zu hören, doch ihre Stimme hatte einen Sprung, ein wenig so, als hätte sie eine leichte Halsentzündung.

»Ja, mich freut es auch, aber über mich gibt's gar nicht viel zu erzählen«, lachte Marie und wunderte sich ein wenig, warum diese Anna sie wohl ganz gut zu kennen schien, sie selbst aber noch nie etwas von der jungen Tänzerin gehört hatte.

Der Kellner brachte einen Teller Frittatensuppe und ein Körbchen mit Toastscheiben, ohne dass jemand etwas bestellt hätte. »Fräulein Zsoltan, wie immer!«

»Ich danke Ihnen, Herr Alfred, sehr aufmerksam.« Anna machte sich gierig über die Suppe her.

Inzwischen war es spät geworden, der Speiseraum des Sachers hatte sich ziemlich geleert. Doch Laszlo bestellte noch eine Flasche, er dachte gar nicht daran, die Runde aufzulösen, und Marie unterdrückte immer wieder ein Gähnen. Sie diskutierten angeregt über Bücher und das Verlagsgeschäft, ein wenig über Politik, und Anna unterhielt sie mit lustigen Anekdoten aus der Oper. Vom Neid und den Eifersüchteleien, und dass sich der Papageno und die Papagena in der letzten Probe so gestritten hatten, dass sie sich zunächst geweigert hatten, gemeinsam aufzutreten. »Aber sie haben sich dann wieder beruhigt, in der Kantine haben sie sich sogar geküsst. Aber das Lustigste letzte Woche war das Missgeschick mit dem Kleid von Carmen!«

»Was ist passiert?« Marie beugte sich gespannt nach vorne.

»Ihr ist das Kleid vorne aufgesprungen, gleich drei Knöpfe mitten auf dem Busen, und sie ist ganz vorne gestanden und hat mit Inbrunst weitergesungen. Die ist so selbstbewusst, diese kleine Ungarin, dabei ist sie keine fünfundzwanzig.«

»Ich wusste nicht, dass sie Ungarin ist.« Ihr Bruder winkte zerstreut dem Kellner.

»Doch! Rosette Anday hieß früher Piroska Anday und wurde in Budapest entdeckt. Aber für die Wiener Oper ist *Piroska* wohl nicht fein genug.«

Die Zeit verging wie im Fluge, Marie hing an den Lippen dieses schönen jungen Geschwisterpaares und konnte gar nicht genug bekommen von den Geschichten des Künstlerlebens. Als schließlich der Kellner mit der Rechnung an den Tisch kam, erledigte das Laszlo diskret.

»So, wohin gehen wir jetzt?«, fragte Anna Zsoltan unternehmungslustig und hakte sich bei Fanni unter.

»Also, wir müssen jetzt nach Hause gehen. Es ist schon so spät.« An der frischen Nachtluft spürte Marie plötzlich, wie ihr der Alkohol zu Kopf gestiegen war.

»Niemand geht jetzt nach Hause! Wir müssen die Verlobung unseres Traumpaares feiern«, kicherte Anna und schubste Fanni in die Arme ihres Bruders, der sie ein wenig unbeholfen auffing.

»Aber die Kinder ...«, Marie blickte Oskar fragend an.

»Die schlafen doch längst. Und Sara sicher auch. Die geht doch heute eh nicht mehr heim. Dann können wir ja auch noch auf einen Sprung mitkommen. Wohin denn?«

»Wir gehen ins Tabarin, das ist nicht weit.« Laszlo zog seine Uhr aus der Westentasche und blickte drauf. »Halb zwölf, da dürften schon ein paar da sein.«

Vor einer unscheinbaren Tür stand ein blasser Herr in Livree und öffnete mit einem kurzen Nicken den Eingang. Fanni, Anna und Laszlo waren anscheinend Stammgäste. Marie nahm Oskars Hand, als sie die Bar betraten, und beide sahen sich neugierig um. In der Luft hingen dicke Schwaden Zigarettenrauch, ein Pianist versuchte gegen das laute Stimmengewirr anzuspielen, und es war so voll, dass man kaum zur Bar durchkam. Sie enterten eine frei gewordene Nische, und Laszlo bestellte Getränke für alle. Marie wollte nur Wasser, sie hatte das Gefühl, wenn sie jetzt noch ein Glas tränke, würde sie auf der Stelle umkippen. Eine Unterhaltung war schwierig.

Fanni, Anna und Laszlo schienen hier bekannt zu sein, immer wieder tauchten Menschen an ihrem Tisch auf und begrüßten sie, Männer wie Frauen umarmten sie oder drückten ihnen Küsse auf die Wange, manchmal auch mitten auf den Mund. Marie bemerkte belustigt, wie Oskar immer wieder verlegen den Blick abwandte, als sich wieder ein leicht bekleidetes Mädchen an ihrem Tisch vorbeidrückte, doch als eines der Mädchen die Bühne betrat und man durch ihr glitzerndes Fransenkleid die Brüste durchblitzen sah, konnte er den Blick nicht mehr abwenden, und seine verschwitze Hand lag auf Maries Knie.

Die halbnackte Tänzerin hüpfte von der Bühne, und der Saal applaudierte wie wild, viele verlangten lautstark nach einer Zugabe.

»Ich muss mich mal frisch machen«, flüsterte Marie Fanni ins Ohr, und die führte sie durch die Menschenmenge. Der Vorraum der Toilette war so groß wie ihre Küche zu Hause, sogar ein kleines Kanapee stand hier. Marie ließ sich darauf fallen und schlüpfte aus ihren Schuhen. »Mein Gott, meine Füße tun weh!«

»Du musst öfter ausgehen, meine Liebe! Dann gewöhnst du dich daran«, lachte Fanni und zog ihren Lippenstift nach.

»Und ihr seid jetzt wirklich verlobt?«

»Ja. Warum fragst du?«

»Liebst du ihn denn?«

»Ich hab ihn sehr gern. Laszlo ist ein kluger Mann. Und sieht doch nicht schlecht aus, oder?«

»Nein, eh. Er ist sehr nett. Aber …«

»Aber was?«

»Zieht ihr dann auch zusammen?«

»Natürlich! Das ist doch der Sinn vom Heiraten, oder? Laszlo hat eine riesige Wohnung am Schwedenplatz.«

»Und wo wohnt seine Schwester?«

»Anna?«

»Hat er noch eine?« Marie lachte.

»Nein, die eine reicht. Anna wohnt auch da. Wie gesagt, die Wohnung ist riesig.«

»Ihr zieht mit seiner Schwester zusammen?« Marie schaute ihre Freundin ungläubig an. Und dann dämmerte es ihr. »Du liebst Anna«, sagte sie ernst, und Fanni lächelte ihr hintergründig aus dem Spiegel entgegen. Plötzlich schien alles klar und logisch. Fannis Distanziertheit gegenüber ihrem Verlobten und dann diese strahlenden Augen, als Anna das Restaurant betreten hatte. Ihre Vertrautheit mit der jungen Tänzerin.

»Und Laszlo? Wie findet der das?«

»Der findet es gut. Wir sind Freunde, und so sind doch alle zufrieden. Sogar mein Vater. Nur das mit den Kindern wird schwierig, aber ich hab ja deine.«

»Fanni, du bist unglaublich«, sagte Marie, schlüpfte wieder in ihre Schuhe und erhob sich vom Sofa. Fanni drehte sich um und umarmte sie, da öffnete sich die Tür, und ein junges Mädchen in einem engen Paillettenkleid betrat den Raum. Sie zog an ihrem Zigarettenspitz und lachte: »Na, habt ihr eine Privatparty?«

Fanni puderte gelassen ihre Nase und wischte mit dem weichen Pinsel einmal über Maries Gesicht. »Magst du meinen neuen Lippenstift ausprobieren? Bordeauxrot. Das steht dir sicher gut, zu deinem dunklen Haar und den braunen Augen.« Sie drehte Maries Gesicht zu ihr und malte ihr mit dem Stift sorgfältig die Lippen an. »Wir müssen mal wieder ein bisschen

Spaß haben im Leben, meine Süße! Das haben wir uns verdient. Und jetzt raus mit dir, sonst haut dein braver Mann noch mit einer Nachtclubtänzerin ab.« Fanni gab Marie einen Klaps auf den Po und schob sie aus der ruhigen Toilette raus in den lauten Barraum.

Laszlo hatte noch eine Runde bestellt, und nun stand auch auf Maries Platz ein großes Glas mit einem Trinkhalm und einer Zitronenscheibe. Der Inhalt war knallorange, und als Marie einen vorsichtigen Schluck nahm, hatte sie kurz das Gefühl, etwas explodiere in ihrem Kopf. So etwas Intensives hatte sie noch nie geschmeckt. »Was ist das?«

»Ein Cocktail. Das ist der neueste Schrei. Trink, es ist auch gar nicht so viel Alkohol.«

Oskar hob sein Whiskyglas und prostete Marie zu, dann zündete er sich eine Zigarette an und lehnte sich zurück. »Seit wann rauchst du?« Inzwischen fand Marie den ganzen Abend zwar ein wenig anstrengend, aber vor allem lustig. Fanni hatte recht: Man musste auch einmal ein bisschen Spaß haben.

»Ich rauch doch eh nicht. Nur jetzt.« Oskar lachte und küsste sie vorsichtig. »Toller Lippenstift, meine Schönste.«

»Na, die Tänzerin hat dir aber auch gut gefallen, oder?«

»Na ja, zum Schauen ist so etwas ja ganz nett, aber nie würde ich dich gegen so eine austauschen. Da kann sie noch so sehr mit ihren Dingern wackeln.«

»Oskar!« Marie hob empört den Zeigefinger. »Ich glaube, du bist betrunken. Wir gehen bald nach Hause.«

»Psst, da kommt schon die Nächste«, lachte Oskar und deutete auf die Bühne.

Es erschien aber kein schönes Mädchen, sondern ein rundlicher Herr, der sich kurz verneigte und ans Klavier setzte. Obwohl es nach dem Auftritt der Tänzerin im Lokal recht laut geworden war, begann er ein paar Takte zu spielen, und es dauerte nicht lange, bis das Publikum verstummte. Zunächst spielte er einige heitere Lieder, auch Marie kannte ein paar davon, und alle wippten im Takt. Dann aber schlug er ein paar Töne, und alle wurden ruhig im Raum.

Wien, Wien, Wien, sterbende Märchenstadt
Die noch im Tod für alle ein freundliches Lächeln hat
Wien, Wien, Wien, einsame Königin im Bettlerkleid,
Schön auch im Leid
Bist du, mein Wien.

»Geh doch dahin, wo du herkommst, blöder Jud!« Die Stimme schnitt scharf mitten in das Lied, der Künstler zuckte kurz zusammen und spielte einfach weiter. »Hersch Kohn! Wir lassen uns unsere goldene Wiener Stadt nicht madig machen von dir!«

Und eine weitere Stimme von ganz hinten stimmte ein, dann hörte man ein Glas zerbrechen. Der Künstler am Klavier ließ sich nicht ablenken, er schlug die Tasten ein wenig lauter an und sang mit Inbrunst sein trauriges Lied zu Ende. Marie sah aus den Augenwinkeln ein Handgemenge und beobachtete, wie der Zwischenrufer aus dem Lokal komplimentiert wurde. Zum Glück entstand keine Rauferei.

Obwohl alles sich rasch wieder beruhigt hatte, war die Stimmung an ihrem Tisch gekippt. »Wollen wir gehen?«, fragte Laszlo, und Anna und Fanni nickten. Er legte das Geld einfach auf den Tisch, gab dem Kellner ein Zeichen, und ein paar Minuten später standen sie draußen in der frischen Nachtluft. Die gute Laune war dahin. Fanni, Anna und Laszlo begleiteten Marie und Oskar noch zu einer Droschke, Fanni steckte Marie einen Schein zu und umarmte sie: »Kommt gut heim. Das war ein schöner Abend. Wir sollten öfter zusammen ausgehen.«

Die beiden sanken müde in den weichen Rücksitz des Taxis. Marie schloss kurz die Augen und ließ die Bilder des Abends nachwirken.

»Ich fand das ganz schön beängstigend. Dieser Hass!«

»Ja, aber der Leopoldi hat sich nicht aus der Ruhe bringen lassen, er hat einfach weitergespielt.«

»Es waren ja nur wenige, die gestört haben.«

»Ja, und der Besitzer von diesem Etablissement hat ja auch schnell reagiert.«

»Glaubst du, das wird schlimmer?«

»Was denn?«

»Na, der Hass auf die Juden?«

»Ich weiß es nicht.«

»Meine Herrschaften, ich sag Ihnen, wir blicken finsteren Zeiten entgegen.« Marie und Oskar auf dem Rücksitz des Wagens zuckten zusammen, als der Taxifahrer das Wort an sie richtete. Der alte Herr fixierte sie im Rückspiegel und schob seine Kappe in den Nacken.

»Ach, ich glaube, das wird überbewertet.«

»Das würden Sie nicht sagen, wenn Sie meine Arbeit hätten. Ich seh doch, wie sie wie die Ratten aus den Löchern kriechen, und es werden von Monat zu Monat mehr.«

»Wen meinen Sie?«

»Na, die Hakenkreuzler! Die Deutschnationalen! Die Zerstörer unserer Demokratie.«

Nachdem aus dem Fond des Wagens keine Antwort kam, fuhr er fort. »Immer wieder erlebe ich Aufmärsche der Hakenkreuzler! Und die Polizei schaut zu, die tut gar nichts, im Gegenteil, die beschützen sie vor den Gewerkschaftern.«

»Ach, Sie tun ja geradeso, als würden wir im Bürgerkrieg leben? ... Sie können da vorne an der Ecke stehen bleiben, da steigen wir aus.«

»Ja, ihr in eurer Vorstadt habt es schön. Euch passiert nichts. Aber wartet nur, bis sie euch die Villen wegnehmen.«

»Wir haben keine Villa«, lachte Oskar. »Ich wünsche Ihnen noch eine ruhige Nacht, danke, es stimmt so.«

Obwohl es schon sehr spät war, lagen Oskar und Marie hellwach im Bett. Sie hatten noch einen Blick auf die schlafenden Kinder geworfen, Sara lag auf dem Küchensofa und hob nur kurz den Kopf, als die beiden auf Zehenspitzen durch die Küche schlichen.

Marie verschränkte die Arme hinter dem Kopf. »Glaubst du, die sind gefährlich? Diese … Hakenkreuzler?«

»Nein, meine Liebe, mach dir keine Sorgen. Für uns bedeutet das nichts. Ihr Hass richtet sich doch auf die Ostjuden, die nach dem Krieg in Scharen gekommen sind.«

»Meinst du? Aber auch die ganz Reichen werden beschimpft, oder?«

»Du meinst die ganzen Bankmenschen und Geldverleiher und so? Ja, eh. Aber wir sind weder das eine noch das andere. Ich bin hier geboren, bin nicht reich, ich war im Krieg, schon mein Großvater war ein echter Wiener. Also hör auf, daran zu denken. Das geht wieder vorbei!«

»Ich hoffe, du hast recht.« Marie drehte sich zur Seite und zog sich die Decke über die Schultern.

»Eh ein netter Kerl, dieser Laszlo, oder?« Oskar stützte sich auf seinen Ellenbogen und suchte mit der anderen Hand gedankenverloren Maries Bauch unter der Bettdecke.

Sie lachte leise auf. »Ja, eh. Aber um den Laszlo geht's doch gar nicht.«

»Was meinst du?«

»Na ja, hast du nicht zugehört? Sie werden zusammenwohnen. Alle drei.«

»Ja und?«

»Bist du so naiv, oder tust du nur so?«

»Du meinst …?«

»Ja, das meine ich. Und jetzt schlafen wir noch ein bisschen. In vier Stunden klingelt der Wecker.«

»Du hast recht. Was es alles gibt. Unglaublich.«

»Ich glaube, das ist eine gute Lösung. So sind alle zufrieden. Auch der alte Herr Gold!«

»Ja, ich weiß noch, der hatte mir das vor vielen Jahren schon vorgeschlagen. Eine Scheinehe. Damals dachte ich, er macht einen Scherz.«

»Tja, nur gut, dass du nicht darauf eingegangen bist.«

Spätherbst 1924

ES GAB BÜCHER, die brachten einen dazu, die Welt rund um sich völlig zu vergessen. Sich so festzulesen, dass man nichts anderes mehr wahrnahm, sich in einer Geschichte so zu verfangen, dass man kaum mehr in die Realität zurückfand.

Der Untertan von Heinrich Mann war schon kurz nach dem Krieg erschienen, aber Oskar hatte das Buch erst im letzten Jahr gelesen und war immer noch beeindruckt. Zum wiederholten Mal las er Stellen nach, diskutierte mit Jakob Gold über verschiedene Aspekte und hielt das Buch immer vorrätig, obwohl es unter seiner Kundschaft durchaus Menschen gab, die Heinrich Mann sehr kritisch gegenüberstanden.

Und nun war da wieder so ein Moment. Ein Text, der ihn so in den Bann zog, dass er das Gefühl hatte, mehrere Seiten zu lesen, ohne auch nur Luft zu holen. Gleich nach dem Essen holte er das Buch aus seiner Tasche und begann an der Stelle weiterzulesen, wo er am Nachmittag in der Buchhandlung aufgehört hatte. Das Bändchen war heute ausgeliefert worden, war vom Verlag Wochen vorher groß annonciert worden, und Oskar war recht neugierig gewesen. In einer ruhigen Stunde hatte er es dann endlich aufgeschlagen – und nicht mehr zuklappen können. Er hatte sogar das Hereinkommen eines alten Stammkunden nicht bemerkt, erst dessen lautes Räuspern ließ ihn aufschauen.

Normalerweise liebte Oskar die Stunde nach dem Abendessen. Oft spielte er eine Partie *Schwarzer Peter* mit Paul, unterhielt sich mit Friedrich über die Schule oder half Marie beim Abwasch. Doch heute wollte er nur zurück in dieses Buch, in die Gedankenwelt dieser jungen Frau, die ihn so faszinierte.

»Was liest du denn da so Spannendes? ... Und Paul, du gehst jetzt Zähne putzen! ... Fritz, hast die Schultasche für morgen gepackt?« Marie trocknete sich die Hände am Geschirrtuch und versuchte den Titel des Buches, hinter dem Oskar verschwunden war, zu erspähen.

»Ein neues Buch von deinem Herrn Schnitzler.« Oskar hielt das Buch so, dass Marie den Umschlag lesen konnte.

»Das ist nicht mein Herr Schnitzler«, lachte Marie. »*Fräulein Else* ... hm ... um was geht es?«

»Es ist großartig, du musst es unbedingt lesen! Ich bin gleich fertig, dann kannst du es haben.«

Marie las bis lange nach Mitternacht. Sie saß in der Küche auf dem abgewetzten Sofa und stand nur einmal auf, um zur Toilette zu gehen und sich ein Glas Wasser zu holen. Die Geschichte über das Mädchen, das den älteren Herrn anpumpen soll, um dem liederlichen Vater aus der Patsche zu helfen, ließ sie nicht mehr los. Marie sah alles genau vor sich – das mondäne Hotel Fratazza, das Zimmer mit den Zirbenholzmöbeln, den übergewichtigen Herrn von Dorsday, der Else durch sein Monokel anzüglich betrachtete, die Berge hinter San Martino. Sie *las* nicht über Else, die sich in dieser schwierigen Situation befand, sie *war* Else, mit jeder Faser ihres Körpers.

Nachdem sie das Licht gelöscht und sich leise neben Oskar ins Bett gelegt hatte, konnte sie lange nicht einschlafen. Es war keineswegs nur die Geschichte, die so fesselte, nicht nur das Schicksal dieser jungen Frau, es war mehr die Art, wie es geschrieben war. Als wäre der Herr Doktor – wie sie Arthur Schnitzler immer noch insgeheim nannte – in Elses Kopf geschlüpft und hätte alles gespürt, was sie spürte. Wie konnte ein über sechzigjähriger Mann sich dermaßen in ein junges Mädchen einfühlen?

Als Oskar sie am nächsten Morgen erwartungsvoll ansah, sagte sie nur »großartig« und strich mit der Hand über den Buchdeckel.

»Mehr sagst du nicht dazu?«

»Es ist einfach unglaublich. Und ich verstehe nicht, wie er das macht.«

»Es ist eine Technik. Man nennt es innerer Monolog oder Bewusstseinsstrom. Er hat das beim *Leutnant Gustl* auch schon gemacht.«

»Ja, aber das war ein Mann. Da kann man das verstehen. Aber eine junge Frau? Wieso weiß der das alles? Jede Kleinigkeit?«

»Was meinst du?«

»Na ja, wie es sie geniert. Oder wie sie über ihre Tante und ihren Vetter redet, besser gesagt: denkt. Und wieso weiß der Herr Schnitzler, dass einem die Beine und der Rücken ziehen, wenn man unwohl ist?«

»Na ja, der hat ja genügend Frauen um sich, die er das fragen kann, oder?« Oskar lacht. »Du machst dir Gedanken ... ich mein, das arme Mädel stirbt, und du denkst über so etwas nach?«

»Ja, das ist das eigentlich Besondere an diesem Buch, oder?«

»Du hast recht. Du solltest Literatur studieren.«

Das *Fräulein Else* beschäftigte Marie noch lange. Ständig dachte sie über das Mädchen nach und überlegte, was Schnitzler bewogen haben könnte, so einen Text zu schreiben. Was hatte ihn veranlasst, sich in den Kopf eines jungen Mädchens zu versetzen? Er hatte sich ja immer gerne mit jungen Damen umgeben, sie dachte an die vielen jungen Frauen, die sie damals im Haus in der Sternwartestraße ein und aus gehen gesehen hatte.

»Es gab da so eine junge Frau, die kam wirklich oft. Die Kinder haben sie geliebt. An die musste ich beim Lesen manchmal denken«, sagte sie irgendwann zu Oskar.

»Warum?«

»Sie war aus ganz reichem Haus. Ein echtes Fräulein. Aber dann hat der Vater an der Börse das ganze Geld verspekuliert, und sie hat sich umgebracht. Ob er an die gedacht hat?«

Marie konnte sich gut erinnern, wie sie damals in der Zeitung über den Freitod der Stephi Bachrach gelesen hatte. Wie bestürzt sie gewesen war, dass so ein hoffnungsvoller, kluger, junger Mensch freiwillig aus dem Leben schied, nur weil das Geld der Familie weg war. Marie war einerseits erschüttert gewesen, andererseits fand sie das Ganze auch ein wenig überspannt. Wenn sie sich immer gleich umbringen würde, wenn das Geld ausging, dann wäre sie schon längst im Grab.

Natürlich hatte auch Fanni das neue Buch von Arthur Schnitzler gelesen und lachte, als sie hörte, wie begeistert Oskar und Marie waren. »Habt ihr diese Hymne vom Salten in der *Neuen Freien Presse* gelesen?«, rief sie, als sie sich zum Nachmittagskaffee im *Café Glas* trafen, und knallte die zusammengefaltete Zeitung auf den Tisch.

»Nein, wir hatten noch keine Zeit.« Marie und Oskar beugten gleichzeitig ihre Köpfe über den Zeitungsartikel.

»Mit Else und ihrem Schicksal ist zugleich die Situation wie das Schicksal unzähliger anderer Mädchen getroffen. Die weibliche Jugend einer breiten Schicht des Bürgertums steht auf dieser sehr schmalen Kante zwischen Wohlleben und Armut, zwischen Ehrbarkeit und Schande, zwischen Glück und nutzlosem Hinwelken. Erzogen zum Luxus, nur bewandert in jenem leichten, wertlosen Wissen, das man in einem sorg-

losen Dasein braucht, ohne Mitgift, sind sie jedem Elend preisgegeben, wenn sie sich selbst erhalten müssen, wenn nicht ein Mann kommt, der sie um ihrer selbst willen liebt und sie heiratet.«

Fanni deklamierte die Passage laut, und mehrere Besucher des Kaffeehauses drehten die Köpfe in ihre Richtung. »Na ja, ist ja egal. Ist ja eigentlich selbstverständlich, dass der eine Herr Schriftsteller die Betrachtungen des anderen Herrn Schriftsteller gut findet.«

Fanni ließ kein gutes Haar an der neuen Novelle. Prüde nannte sie sie, verlogen und erschreckend unmodern. »Völlig altmodisch, das Ganze! Zwischen Ehrbarkeit und Schande! Puh! So ein Theater wegen ein bisschen Nacktsein. Was soll denn das? Die Zeiten haben sich geändert, es ist kein Drama mehr, aber da kommt der Schnitzler nicht mehr mit. Dafür ist er zu alt.«

»Also, niemals würde ich mich ausziehen für Geld. Nicht für viel Geld.«

»Ach, es gibt Schlimmeres. Wenn der Betrag stimmt …« Fanni lachte Marie aus. »Nein, du hast schon recht. Es ist gut geschrieben, aber halt ein wenig altmodisch. Der Herr Schnitzler lebt immer noch im 19. Jahrhundert. Der hat keine Ahnung von unserer neuen Zeit.«

»Also, ich finde ihn sehr modern.«

»Ich weiß, du verehrst ihn.«

»Das hat nichts mit verehren zu tun. Er ist ein großer Schriftsteller.«

»Das mag schon sein. Aber auch ein alter Mann.«

Fanni genoss das Leben nach den Kriegsjahren in vollen Zügen, und manchmal machte sich Marie Sorgen um ihre Freundin, so wild und zügellos erschien ihr Fannis Lebenswandel. Sie wusste von durchgetanzten Nächten in diversen Nachtclubs, in denen wohl nicht nur Champagner getrunken wurde.

»Da gibt es ein weißes Pulver, ich sag's dir, wenn du davon ein bisschen einschnupfst, wirst du niemals müde, die ganze Nacht könnte ich dann tanzen.«

»Das ist sicher nicht gesund«, warf Marie vorsichtig ein, doch Fanni wischte Maries Bedenken mit einem Lachen weg. »Ach, was ist schon gesund! Wir müssen alle sterben, der eine früher, der andere später. Da will ich vorher wenigstens leben. Fast alle nehmen es, zumindest die, die kreativ sind.«

»Na, dann bin ich lieber nicht kreativ und trinke hin und wieder ein Gläschen Likör. Und ich bin auch so altmodisch wie das Fräulein Else. Nie würde ich mich vor Fremden ausziehen.«

»Aber du bist doch schön! Warum soll man einen schönen Körper nicht herzeigen? Ich hab mir sogar überlegt, ob ich mich von dieser berühmten Fotografin ablichten lassen soll. Trude Fleischmann, sie macht sensationelle Nacktfotos.«

»Das ist nicht dein Ernst!« Marie hielt sich erschrocken die Hand vor den Mund und merkte, wie ihre Wangen rot wurden.

»Warum nicht? Du könntest mitkommen und ein Foto für Oskar machen. Ihm würde es gefallen! Was sagst du, mein Lieber? So ein Nacktporträt deiner schönen Frau im Hinterzimmer der Buchhandlung?« Fanni hatte großen Spaß dabei, die beiden zu provozieren.

»Besser nicht! Dann kann ich mich gar nicht auf die Arbeit konzentrieren! Und was machen wir dann mit den Buchhandelsvertretern, die da immer sitzen? Die brauchen meine Frau nicht nackt zu sehen.«

»Ja, da hast du recht. Das wäre Perlen vor die Säue werfen. Aber ihr müsst zugeben: Die Welt hat sich verändert in den letzten Jahren. Apropos Veränderung: Gehst du nächste Woche mit zur Frauenversammlung? Am Mittwoch!«

»Ich weiß nicht. Es ist so spät am Abend. Wer kümmert sich dann um die Kinder?«

»Geh ruhig, ich bin ja da.« Oskar ließ seine Zeitung sinken und nickte Marie aufmunternd zu.

Fanni hatte neben ihrer wilden Seite, die das Nachtleben voll auskostete, noch ein sehr ernsthaftes politisches Leben. Sie war seit einiger Zeit in einem Frauenverein der Sozialdemokratischen Partei engagiert und ging regelmäßig zu den Versammlungen und Diskussionsveranstaltungen. »Wenn ich nicht die Buchhandlung übernehmen müsste, würde ich die erste Bundeskanzlerin werden«, witzelte sie immer, und Marie traute ihr das ohne Weiteres zu.

»Also, kommst mit am Mittwoch?«

»Na gut«, gab Marie nach. Irgendwie fehlte ihr die Energie, Argumente dagegen zu finden. »Ich bin so müde, und mir ist ein bisschen schlecht«, stöhnte Marie und ließ sich auf das alte Küchensofa sinken.

»Du wirst doch nicht etwa …?« Fanni blickte die beiden ungläubig an.

»Tja, ich fürchte doch.« Marie streckte ihr unsichtbares Bäuchlein ein wenig vor und lachte Fanni an.

»Nein! Das ist ja schön! Wann kommt es denn? Und weißt eh, ich wünsch mir ein Mädchen. Das wird dann die zukünftige Bundeskanzlerin, wenn ich es schon nicht werden kann.«

»Ich wollte es noch gar nicht erzählen, wer weiß … Aber es ist notiert: ein starkes Mädchen für Frau Fanni Gold. Es kommt im Sommer, hast also noch ein bisschen Zeit. Bleibst du zum Essen?«

»Nein, heute nicht, ich hab noch eine Verabredung.«

»Mit wem denn?« Der zehnjährige Friedrich blickte von seinem Schulheft auf und grinste Fanni an. Er liebte seine »Tante Fanni«, wie er sie nannte, schließlich kannte er sie seit seiner Geburt, und sie war so anders als seine Mutter.

»Sei nicht so neugierig!« Fanni nahm sein Kinn und blickte

ihm tief in die Augen. »Ich werde berichten, wenn es was Ernstes ist.«

Die beiden hatten eine enge Verbindung, dazu mussten sie sich gar nicht so oft sehen. Der Zehnjährige saugte alles auf, was seine »Tante« erzählte, egal ob es dabei um Politik, Literatur oder ihr ausschweifendes Nachtleben ging. Oskar witzelte manchmal, dass Fanni ihren Erstgeborenen noch verderben würde.

»Also, Mittwoch um 19 Uhr im Volksheim? Keine Widerrede.«

Es war schon Abend, als sie nach Hause kamen, und Friedrich setzte sich an den Küchentisch, um noch ein wenig für seinen Erdkundetest zu lernen. Der vierjährige Paul verhandelte mit Oskar um eine allerletzte Geschichte aus *Peter Pan*, seinem momentanen Lieblingsbuch. Marie hörte belustigt der Diskussion zu, die aus dem Schlafzimmer in die Küche schallte. Wieder einmal war sie darüber erstaunt, wie wortgewandt der Vierjährige war. »Bitte, nur noch ein klitzekleines Stückchen! Wenn du nicht mehr vorliest, wie die Piraten kommen, kann ich überhaupt nicht schlafen.«

»Aber dann wird es nur noch spannender, dann kannst du erst recht nicht schlafen«, lachte Oskar und las natürlich noch ein Kapitel.

Das leise Pochen an der Tür hörte zunächst nur Fritz, der von seinem Schulbuch aufsah. »Mama, es hat geklopft!«

Marie lauschte und hörte es dann auch. »Wer kann das sein, es ist doch schon fast acht?« Marie sah auf die Küchenuhr, die über der Abwasch hing. »Sicher die Nachbarin, die sich mal wieder Mehl oder Eier ausborgen will! Friedrich, machst du auf, ich hab nasse Hände.«

Ein paar Sekunden später rief Fritz nach seiner Mutter: »Mama? Kommst du mal? Da fragt jemand nach dir. Also, ich glaub, dass du gemeint bist.«

Im düsteren Vorzimmer stand eine unbekannte Frau, fast noch ein Mädchen, die Marie noch nie zuvor gesehen hatte. Sie trug ein wollenes Kopftuch, aus dem zwei dicke, lange Zöpfe hingen. Der dunkle Wollmantel war altmodisch. Marie fielen sofort die klobigen Schuhe auf, die sie trug. Solche Schuhe sah man bei Frauen in der Stadt selten.

»Marie?«

»Ja? Was kann ich für Sie tun?«

»Marie Haidinger?«

Marie erstarrte. Wie lange hatte sie niemand mehr bei ihrem Mädchennamen genannt? Sie hatte ihn schon fast vergessen, er stammte schließlich aus einer gänzlich anderen Welt, einer Welt, die nichts mehr mit ihr zu tun hatte.

»Ja?« Es war eine Frage, keine Antwort.

Da lehnte sich die junge Frau erschöpft an den Türrahmen und holte tief Luft.

»Ich hab dich gefunden!«

»Mama, wer ist das?« Paul in seinem Nachthemd hatte sich zu Friedrich gesellt, beide starrten die Fremde neugierig an. Auch Oskar war aus dem Schlafzimmer getreten und stand abwartend in der Küche.

»Ich bin die Magdalena. Deine Nichte.«

»Wer sind Sie?«

»Entschuldigung. Ich bin die Tochter vom Rudolf.«

Marie hatte keine Idee, wen die junge Frau meinte. Sie kannte keinen Rudolf, vielleicht war er ein ehemaliger Kriegskamerad von Oskar? Sie blickte sich fragend um, doch ihr Mann zuckte mit den Schultern.

»Deine Nichte. Rudolfs Tochter.«

Da erschien das Bild des elterlichen Hofes vor ihrem geistigen Auge, und sie wusste schlagartig, wer dieser Rudolf war. Sie erinnerte sich an einen großen blonden Burschen mit muskelbepackten Armen und einem etwas vorstehenden Kinn. Doch Rudolf sagte damals niemand zu ihrem ältesten Bruder, alle nannten ihn nur Rudi. Marie konnte sich ohnehin nur dunkel an ihn erinnern, schließlich war er mit Abstand der Älteste, der Erstgeborene. Sie hatte nur noch eine vage Vorstellung von diesem jungen Mann, der ständig mit dem Vater am Arbeiten gewesen war und nur sehr selten das Wort an die Mädchen im Haus gerichtet hatte. Als Marie dann ein bisschen älter wurde, fürchtete sie den Bruder fast so sehr wie ihren strengen Vater.

»O mein Gott. Komm rein. Wirklich?«

»Ja, wirklich!«

Marie sah die junge Frau ungläubig an, sie war wie gelähmt. Paul löste die Situation in seiner unnachahmlichen Art auf: »Und ich bin der Paul. Ich bin der Sohn von Marie. Aber du kannst Pauli zu mir sagen.« Der Vierjährige freute sich sichtlich, dass der Moment des Schlafengehens noch ein wenig hinausgezögert wurde, fasste die fremde junge Frau an der Hand und zog sie ins Zimmer.

»Schön, dich kennenzulernen, Pauli. Ich heiße Magdalena, aber du kannst Lena zu mir sagen. Da löste sich Marie aus ihrer Erstarrung. »Setz dich doch! Magst du etwas trinken? Hast du Hunger? Wie alt bist du? Lena heißt du? Wie hast du mich gefunden?«

»Marie, jetzt lass das arme Kind doch mal Luft holen.« Oskar legte seiner Frau die Hand auf die Schulter. »Komm, setz dich. Ich bring dir ein Glas Wasser. Und dann erzählst du uns alles in Ruhe. Kinder, ihr könnt euch dazusetzen, aber nur, wenn ihr still seid. Sonst geht's ab ins Bett!«

Die Kinder setzten sich auf die Küchenbank, Friedrich schob sein Erdkundebuch demonstrativ zur Seite und schaute die fremde junge Frau erwartungsvoll an. Diese nahm einen großen Schluck aus ihrem Wasserglas und lehnte sich zurück. »So siehst du also aus! Die Person, über die man nicht sprechen darf.«

Marie schluckte, die Situation überforderte sie gänzlich.

»Warum, darf man über unsere Mama nicht sprechen?« Der vorlaute Paul hatte Oskars Ermahnung schon wieder vergessen, doch ein strenger Blick seines großen Bruders ließ ihn jäh verstummen.

Und dann begann Magdalena ihre ganze Geschichte zu erzählen. »Weißt du, als ich vierzehn war, da hab ich deine Briefe gefunden. Bei der Oma.«

»Aber die Oma ist doch tot?« Marie blickte sie erschrocken an.

»Nein, ich meine deine Mutter. Die ist ja meine Oma. Sie lebt leider auch nicht mehr. Also, noch mal. Meine Oma, also deine Mutter, hat deine Briefe nicht weggeworfen. Und wie mein Vater, der Rudolf, den Hof übernommen hat und sie ins Auszugshäuschen gezogen sind, hab ich beim Ausräumen helfen müssen. Und da war eine Schachtel, auf die hat die Oma aufgepasst, als hätte sie darin einen kostbaren Schatz. Irgendwann, als alle auf dem Feld waren, hab ich mich reingeschlichen und die Schachtel gesucht.«

Sofort fühlte Marie sich zurückversetzt in das kleine Haus, in dem ihre Oma mit dem alten Hund gelebt hatte. Oft hatte sie in den letzten Jahren daran gedacht, doch die Einzelheiten verblassten mit der Zeit immer mehr. Wo war noch mal die kleine Tür ins Schlafzimmer gewesen? Welche Farbe hatte das Tischtuch gehabt? Wo hatten die Töpfe gestanden? Woran sie sich aber genau erinnern konnte, war der Geruch, der einen umfing, wenn man das Haus betrat: ein bisschen nach nassem Hund, aber auch immer nach frischem Brot und Strudel. Seit Jahren buk Marie einmal in der Woche Strudel, wenn sie irgendwo die Zutaten dafür auftreiben konnte. Einerseits, weil es den Kindern so schmeckte, aber auch, weil sie sich dadurch ihrer Großmutter nahe fühlte.

Lena war verstummt, und alle schauten Marie erwartungsvoll an, doch die hatte sich gerade völlig in ihren Gedanken verloren.

»Und? Hast du die Schachtel gefunden?« Es war Friedrich, der die Frage stellte, und seine Eltern vergaßen komplett, ihn zurechtzuweisen.

»Ja. Ich habe die Schachtel gefunden.«

»Und was war drin?« Friedrich platzte schier vor Neugier, er erwartete wohl eine wilde Abenteuergeschichte.

»Ich weiß, was drin war«, sagte Marie leise. »Meine Briefe an die Mutter.«

»Ja, genau. Deine Briefe waren drin. Und ich hab sie alle gelesen.« Magdalena sah sie fast ein wenig herausfordernd an.

»So, ich koch jetzt Tee, und Kinder, ihr geht ins Bett.« Marie stand entschieden auf, der Gedanke, über die Briefe zu reden, die sie im Laufe der Jahre an ihre Mutter geschrieben hatte, von denen aber nur ein einziger beantwortet worden war, war zu viel für sie.

Paul und Friedrich bewegten sich keinen Zentimeter, saßen mucksmäuschenstill und hingen an Magdalenas Lippen.

»Ja, ich hab sie damals alle gelesen. Den ersten Brief, den du ihr geschrieben hast. Weißt du noch? Dass du gut in Wien angekommen bist. Und dann auch den, wie du Kindermädchen geworden bist in so einem reichen Haushalt. Und den Brief, den du geschrieben hast, als du geheiratet hast, den hab ich fast auswendig gelernt, so schön fand ich den.«

Marie war aufgestanden und setzte Teewasser auf, die Kinder schien sie vergessen zu haben, und diese hüteten sich, sich bemerkbar zu machen. Magdalenas Augen leuchteten, als sie erzählte, was diese Briefe mit ihr gemacht hatten. Nie hatte sie Bäuerin werden wollen, schon als Kind nicht. Und als Mädchen kam es ohnehin nicht infrage, dass sie den Hof übernahm, zumal sie noch drei Brüder hatte.

»Der Vater wusste nicht so recht, was er mit mir anfangen sollte, also versuchte er mich mit fünfzehn mit dem Alois vom Nachbarhof zu verloben. Das war aber so ein Depp, niemals wär ich zu dem gezogen.«

»Bist du auch vom Hof weggelaufen?«

»Nein! Ich hab mich in meinem Zimmer eingesperrt und bin nicht mehr rausgegangen. Der Vater hat ein paarmal fast die Tür eingetreten, und der Opa auch.«

Marie stockte der Atem, als sie sich die Szene vorstellte. Eine widerspenstige Fünfzehnjährige, die sich den Männern der Familie widersetzte, das passte so gar nicht in ihre Gedankenwelt. »Und was ist dann passiert?«

»Nichts! Ich bin nicht mehr rausgekommen, hab nichts mehr gegessen und getrunken.«

»Echt? Wie lange?« Fritz hatte gerade ein Buch über eine Polarexpedition gelesen und tagelang darüber nachgedacht, wie lange es ein Mensch ohne Nahrung aushalten konnte.

»Nicht so lange. Ein paar Tage. Und meine Mutter hat mir heimlich in der Nacht Wasser und ein paar Schmalzbrote gebracht«, kicherte die junge Frau.

»Ach so.« Friedrich war enttäuscht. Doch kein echtes Abenteuer.

»Und dann?« Marie schenkte allen Tee ein und stellte einen Teller Kekse auf den Tisch. Aus dem Augenwinkel sah sie, wie Pauls Hand einen Keks stibitzte.

»Dann haben sie nachgegeben, und ich durfte nach Linz gehen. In eine Schule, in der man sich zur Kindergärtnerin ausbilden lassen kann.«

»Das hat dein Vater erlaubt? Du bist nach Linz gezogen? Allein?«

»Ja, es ist ihm nichts anderes übrig geblieben. Wenn er mich nicht hätte gehen lassen, hätte er mich erschlagen müssen.«

»Und wo hast du dann da gewohnt? In Linz?«

»In einer Schule mit einem Internat für die Mädchen, die weiter weg wohnen. Es ist was Kirchliches. So eine Art Kloster. Zehn in einem Schlafsaal, jeden Morgen um sechs Uhr ging es in die Messe, und dann hatten wir den ganzen Tag Schule.«

Marie konnte kaum glauben, was die junge Frau da erzählte, und verfiel ins Grübeln. Warum war sie damals einfach weggelaufen? Warum hatte sie sich nicht zur Wehr gesetzt, als der Vater sie, ohne dass er sie je gefragt hätte, als Magd auf den fremden Hof gebracht hatte? Nie wäre sie als Mädchen auf die Idee gekommen, Widerstand zu leisten, weder gegen den Vater noch gegen den brutalen Knecht auf dem anderen Hof. Ihr Mut hatte lediglich dazu gereicht, wegzulaufen.

Magdalena unterbrach Maries Gedanken. »Mein Gott, hab ich dich bewundert! Wegen dir hab ich es geschafft, mich zu wehren.« Sie griff über den Tisch und nahm Maries Hände. »Du warst so mutig und bist einfach weggegangen.«

Die Kinder saßen still auf dem Sofa und starrten ihre Mutter und die unbekannte junge Frau an. Pauli hatte sogar vergessen, seinen Keks in den Mund zu stecken, und hielt ihn fest in seiner Faust. Ihre Mutter eine mutige Frau? Ja, sicher, sie war immer da und passte auf sie auf, organisierte das Familienleben und arbeitete mit dem Papa in der Buchhandlung. Aber mutig?

»Erzähl mir vom Hof. Wann ist die Mutter gestorben? Lebt der Vater noch? Und die Geschwister? Was machen sie? Und wie alt bist du eigentlich?«

»Ich bin neunzehn.«

»Dann bist du ja in dem Jahr geboren, als ich vom Hof wegkam! Ich wusste nicht einmal, dass der Rudi eine Frau hatte.«

»Er hatte auch keine. Also damals nicht. Die Mutter und er haben erst geheiratet, da war sie fast schon im Wochenbett. Ich bin das Ergebnis eines Dorffests. Er hat wohl nie ganz geglaubt, dass er der Vater ist. Vielleicht hat er mich deswegen auch so leicht gehen lassen.«

Noch lange saßen sie in der Küche, und Magdalena redete, ohne dass sie jemand unterbrach. Oskar und Marie hatten die Kinder inzwischen komplett vergessen, doch irgendwann bemerkten sie, dass Paul zwischen zwei Sofapolstern eingeschlafen war. Oskar trug ihn vorsichtig ins Bett, dann nahm er wieder Platz.

Und Magdalena erzählte bereitwillig: Maries Mutter war 1920 gestorben, niemand wusste so genau, woran. Sie hatte immer mehr an Gewicht verloren, wog zum Schluss nur noch fünfundvierzig Kilo, aber als sie endlich zustimmte, zum Arzt zu gehen, war es längst zu spät.

»Wahrscheinlich hat sie den Tod vom Karl nicht verkraftet. Der war immer ihr Liebling und ist in den letzten Kriegsmonaten gefallen. Ich war sehr traurig, als sie gestorben ist. Sie hat immer zu mir gehalten.«

Marie konnte gar nicht glauben, dass sie von derselben Person sprachen. Von ihrer Mutter, die immer nur weggeschaut hatte, wenn der Vater die Kinder geschlagen hatte, die sich nicht getraut hatte, sie zu unterstützen, als die Lehrerin damals extra auf dem Hof gewesen war, um die Eltern zu überreden, Marie weiter zur Schule zu schicken. Und dann auch nichts dagegen unternommen hatte, als der Vater sie weggebracht hatte, auf den fremden Hof, wo sie völlig auf sich gestellt war, fast noch ein Kind. Die Mutter musste sich im Laufe der Jahre wohl wirklich verändert haben.

»Und mein Vater? Lebt er noch?«

»Ja, aber er bekommt nichts mehr mit. Er vergisst alles, meistens weiß er noch nicht einmal, wer er ist. Sitzt den ganzen Tag am Küchentisch oder auf der Bank vor dem Haus, und wenn meine Mutter ihn in der Früh nicht aus dem Bett holen und anziehen würde, würde er gar nicht mehr aufstehen.«

»Und die Theresia?« Der Gedanke an ihre Lieblingsschwester zauberte Marie ein Lächeln ins Gesicht.

»Die hat nach Tirol geheiratet und ist jetzt Bergbäuerin, stell dir vor!«, sagte Magdalena lachend.

»Ich hoffe, es geht ihr gut. Wir mochten uns sehr. Ich war recht traurig, dass sie sich nie wieder gemeldet hat.«

»Sie konnte sich gar nicht melden. Niemand hatte eine Adresse von dir. Die Oma hatte immer alles gut versteckt.

»Du hast mich ja auch gefunden!«

»Ja, aber das war nicht gerade leicht!«

»Aber warum hat mich zum Begräbnis der Mutter niemand verständigt?«

»Es hat keiner über dich gesprochen. Nie«, sagte Magdalena leise. »Wenn ich diese Briefe damals nicht gefunden hätte, dann wüsste ich gar nicht, dass es dich überhaupt gibt.«

»Aber warum hast du nichts gesagt?«

»Ach, Tante Marie. Ich darf doch Tante zu dir sagen? Weißt du, als die Oma starb, da war ich fünfzehn. Ich war gerade nach Linz gezogen und nur kurz zurück auf den Hof gekommen. Ich war so froh, nicht mehr dableiben zu müssen.«

»Das versteh ich ja. Trotzdem. Sie war meine Mutter.«

»Ich hab's versucht. Zwei Tage vor der Beerdigung bin ich heim und hab mit dem Vater geredet.« Und dann erzählte Lena, wie sie damals beim Abendessen ihren ganzen Mut zusammengenommen hatte und gefragt hatte: »Sollten wir nicht versuchen, die Marie zu finden?«

Der Vater hatte nicht mal aufgeblickt, hatte sich ganz ruhig aus einer Doppelliterflasche ein Glas Most eingeschenkt und gesagt: »Welche Marie? Hier gibt es keine Marie. Und wenn du noch einmal diesen Namen erwähnst, dann gibt es in diesem

Haus auch keine Magdalena mehr.« Dann hatte er sein Glas in einem Zug geleert und war wortlos im Stall verschwunden.

Irgendwann war es so spät, dass keine Straßenbahn mehr fuhr, und nachdem auch Friedrich endlich ins Bett gegangen war, brachte Oskar eine Decke. Lena legte sich auf das Küchensofa und schlief augenblicklich ein.

Oskar und Marie hingegen waren viel zu aufgeregt, um einzuschlafen. Sie lagen nebeneinander im Bett und konnten es gar nicht fassen, dass da plötzlich *Familie* war. Zwar keine große, aber eben doch Familie.

»Was hat sie noch mal gesagt, wo wohnt sie?« Marie flüsterte, um niemanden zu wecken.

»Irgendwo auf der Schmelz, mein ich.«

»Stimmt, da bin ich nach dem Krieg ein paarmal hin, Gemüse kaufen. Und einen Mann hat sie auch?«

»Liebes! Ja! Hast du denn nicht zugehört?« Oskar lachte und nahm Marie in den Arm.

»Doch, schon. Aber ich war so aufgeregt. Ich glaub, ich hab nur die Hälfte mitbekommen.«

»Also, ihr Mann heißt Kilian und arbeitet am Hafen. Ich glaube, in der Schiffswerft.«

»Ja, stimmt. Und sie ist Kindergärtnerin. Ist das nicht schön? Ich habe eine Nichte«, seufzte Marie zufrieden, drehte die kleine Lampe aus und zog sich die Decke über die Schulter.

Als Marie am nächsten Morgen aufwachte, konnte sie die Stimmen in der Küche zunächst nicht zuordnen. Sie sah auf den Wecker neben dem Bett und erschrak. Schon fast halb acht! Friedrich hatte Schule, Pausenbrote und Frühstück mussten gemacht werden, wie hatte sie nur so verschlafen können?

Sie stürzte im Nachthemd aus dem Schlafzimmer und platzte mitten in eine Familienszene wie aus einem der Romane, die sie so gern las. Nur, dass es ihre Familie war und sie nicht dabei war. Die Kinder und Oskar saßen vor ihrem Frühstück, Friedrich biss herzhaft in sein Marmeladebrot, Lena wischte dem kleinen Paul gerade den Milchbart aus seinem Gesicht.

»Schau mal, Mama! Die Lena hat uns Frühstück gemacht.«

»Warum habt ihr mich nicht geweckt?«

»Das macht doch nichts. Ich war eh wach, da dachte ich, ich kann dir ja ein bisschen helfen. So kannst du auch einmal ausschlafen.«

»Musst du nicht zur Arbeit?«

»Ich habe heute frei. Erst morgen wieder.«

»Und dein Mann? Macht der sich keine Sorgen?«

»Kilian? Der hat Nachtschicht. Der kommt frühestens in einer Stunde heim. Und ich hab ihm eine Nachricht hinterlassen. Irgendwie hab ich schon geahnt, dass es später werden könnte. … Ach, Tante Marie! Ich freue mich so, dass ich dich gefunden habe! Und Oskar natürlich auch. Und deine lieben Kinder.«

»Friedrich muss jetzt aber in die Schule. Hast du alles eingepackt? Zähne geputzt? Ich mach dir noch schnell ein Brot zum Mitnehmen.«

»Alles erledigt. Lena hat mir schon eine Jause gemacht.« Fritz machte keinen Hehl daraus, dass er alles, was dieser unverhoffte Gast sagte oder tat, großartig fand.

»Und du gehst nicht in die Schule?« Magdalena wandte sich an Paul, der bedauernd die Schultern hob. »Ich bin noch zu klein. Obwohl ich auch schon lesen kann.«

»Dann musst du in einen Kindergarten gehen!«

»Was ist ein Kindergarten? Ein Garten für Kinder?«

»Nein, das ist ein Haus, wo du spielen kannst und lernen. So wie eine Schule, nur für jüngere Kinder.«

»Ich will da auch hingehen!«

Marie hatte schon gehört, dass es seit einiger Zeit nicht nur die Kinderbewahranstalten für die armen Familien gab, sondern auch Einrichtungen für Kinder berufstätiger Eltern. Bis vor Kurzem hatte sie das strikt abgelehnt, sie arbeitete zwar wieder viel in der Buchhandlung mit, wäre aber nie im Leben auf die Idee gekommen, den kleinen Paul von jemandem Fremden betreuen zu lassen. Auch wenn er immer wieder jammerte, dass ihm langweilig sei, war es für Oskar und Marie selbstverständlich, ihren Jüngsten überall mit hinzunehmen.

»Dem Paul würde es bestimmt gut gefallen im Kindergarten«, warb Lena an Marie gewandt.

»Ich weiß nicht, es geht ihm doch gut bei uns.«

»Das weiß ich schon, aber im Kindergarten kann er so viel lernen, und es gibt Mittagessen. Wir haben Spielsachen und singen mit den Kindern und lernen Gedichte. Und machen Ausflüge!« Sie begann von ihrer Arbeit zu erzählen, und Paul bekam ganz leuchtende Augen.

»Und wenn jetzt demnächst noch Nachwuchs kommt, dann ist es doch gut, dass Paul ein paar Stunden versorgt ist, oder? Das Butzerl kannst du ja ins Geschäft mitnehmen.«

»Vielleicht hat Lena recht«, meinte Oskar und knöpfte sich den Wintermantel zu. »Ich muss los, das Geschäft aufsperren. Es reicht, wenn du später nachkommst, Marie. Ihr habt euch sicher noch nicht alles erzählt.«

»Ich will in diesen Garten gehen!« Paul setzte sich seine Wollmütze auf und wollte gerade in seine Schuhe schlüpfen, da nahm ihn Magdalena auf den Arm und lachte: »Halt, kleiner Mann. So schnell geht das nicht. Da müssen wir erst den richtigen Garten für dich finden und dich anmelden.«

»Ja, Mama, darf ich?«

»Wir werden schauen, aber jetzt spielst du hier noch ein bisschen, damit ich mich mit der neuen Tante unterhalten kann.«

Die Zeit verging wie im Flug, und die beiden Frauen fielen

sich ständig ins Wort, weil jede über das Leben der jeweils anderen alles wissen wollte. Für Marie war es wie eine Zeitreise, sie ließ sich von Lena jede kleinste Veränderung auf dem heimatlichen Hof beschreiben. Jeden Satz der Mutter wollte sie nacherzählt bekommen, und mehrmals fragte sie nach, ob denn wirklich nie über sie gesprochen worden war. Lena wiederum konnte gar nicht genug bekommen von den Geschichten über Maries Leben in der Stadt, über ihre Hochzeit, und immer wieder musste Marie von ihrem Urlaub auf Brioni erzählen.

»Das ist ja über zehn Jahre her«, lachte Marie, »seitdem träume ich davon, noch einmal ans Meer zu fahren.«

»Und diese Familie Schnitzler? Wie waren die so?«

»Es war eine gute Familie, liebe Kinder, und der Herr Doktor ist ein gütiger Mann. Er hat aber immer ein bisschen in seiner eigenen Welt gelebt.«

»Ist das wirklich ein berühmter Dichter?«

»Ja, einer der berühmtesten! Seine Stücke werden in ganz Europa gespielt.«

»Und du warst im Theater?«

»Ja, schon ein paarmal inzwischen. Aber ich weiß noch, dass ich das erste Mal recht aufgeregt war. Wir waren in einem Stück, das der Herr Doktor geschrieben hat.«

»Und welche Bücher liest du?«

»Ach, alles Mögliche. Aber Oskar liest viel mehr. Ich bin gerade mit einem fertig geworden, es ist neu erschienen. *Fräulein Else*. Wenn du magst, borg ich es dir.«

»Ach, ich hab gar keine Zeit zum Lesen. Aber Kilian, mein Mann, liest bis spät in die Nacht. Aber nur politische Sachen.«

»Den musst du uns bald vorstellen! Ihr müsst zu uns zum Abendessen kommen!«

»Nein, ihr kommt zu uns! Und ich koch uns was Oberösterreichisches! Ich kann Erdäpfelknödel.«

Am Mittwoch hatte Marie fast vergessen, dass sie mit Fanni verabredet war, und kam ein paar Minuten zu spät. »Stell dir vor, ich habe eine Nichte!«

Fanni wartete schon ungeduldig vor der Tür. »Wie bitte?«

Sie stellten sich an der Garderobe an, vor ihnen war eine lange Schlange.

»Meine Nichte aus Oberösterreich ist aufgetaucht. Am Montag, kurz nachdem du gegangen bist, stand sie plötzlich vor der Tür. … Warum sind denn hier so viele Frauen? Wir werden keinen Platz bekommen.«

»Schau doch mal auf die Plakate! Adelheid Popp spricht heute! Deswegen ist der Andrang so groß. Jetzt erzähl von dieser ominösen Nichte!«

»Also, sie heißt Lena und ist erst neunzehn. Ihr Mann heißt Kilian und arbeitet im Hafen. Und stell dir vor: Sie ist Kindergärtnerin!«

»Das ist ja eine großartige Neuigkeit! Wie aufregend für dich, nach so langer Zeit! Ich muss sie kennenlernen.«

»Das wirst du, meine Liebe, das wirst du. Sie gehört jetzt zu meiner Familie.«

Nur mit Mühe fanden sie noch zwei leere Stühle in der vorletzten Reihe, der Raum war bis auf den letzten Platz besetzt, und als die hinteren Türen geschlossen wurden, standen die Frauen an den Seiten in Zweierreihen. Ein paar junge Mädchen hatten sich sogar auf den Boden gesetzt.

Nach ein paar Begrüßungsworten durch die Vorsitzende der

Bezirksgruppe wurde die Hauptrednerin angekündigt, und minutenlanger Applaus brandete durch den Saal.

Die Frau in vorkapitalistischer Zeit, in der Volkswirtschaft und im öffentlichen Leben war der Titel des Vortrags, und obwohl Marie nicht genau wusste, was das bedeuten sollte, war auch sie nach wenigen Minuten von der Rede der Popp hingerissen. Was die Frau da vorne über den Achtstundentag, ein Nachtarbeitsverbot und die Lage der Hausangestellten erzählte, kam Marie alles sehr schlüssig und sinnvoll vor. Und wieder einmal dachte sie, was für ein Glück sie mit Oskar hatte. Er behandelte sie wie einen gleichwertigen Partner, war liebevoll zu ihren Kindern, machte sich nichts aus Alkohol und unterstützte sie, wo er nur konnte. Nicht selten wurde er in der Buchhandlung von Kunden spöttisch angelächelt, weil es für ihn eine Selbstverständlichkeit war, die Kinder zu beaufsichtigen, wenn Marie Besorgungen machte oder ausging.

Auch Fanni saß mit leuchtenden Augen neben ihr und drückte immer wieder ihre Hand. »Hör doch zu!«, flüsterte sie. »Vor zehn Jahren war es undenkbar, dass eine Frau wählen durfte, und jetzt ist Adelheid Popp Abgeordnete im Nationalrat. Warum sollte das Kind in deinem Bauch eigentlich nicht Kanzlerin werden?«

Plötzlich entdeckte Marie in einer der vorderen Reihen eine Gestalt, die ihr bekannt vorkam. Sie sah sie nur schräg von hinten, doch dann drehte sie sich zu ihrer Sitznachbarin, und Marie erkannte sie: Ihre neue Nichte war auch hier beim Vortrag! Sie stupste Fanni an: »Meine Nichte!«

»Deine Nichte wird Bundeskanzlerin?« Fanni lachte, und die Frau in der Reihe vor ihr drehte sich missbilligend um und zischte: »Psst!«

»Nein! Meine Nichte ist auch da! Schau mal, da vorne in der dritten Reihe. Die mit der blauen Bluse und den Zöpfen.«

»Ich glaub, ich mag deine Nichte. Zumindest politisch scheint sie auf der richtigen Seite zu sein.«

Über zwei Stunden dauerte der Vortrag, die Luft im Saal war zum Schneiden, und danach hatten es alle eilig, nach draußen zu kommen. Marie stellte sich neben die Garderobe, um Magdalena nicht zu verpassen. Immer wieder wurde sie angerempelt und zur Seite geschoben, doch sie ließ sich nicht vertreiben, blieb stehen und hielt Ausschau nach ihrer Nichte. Endlich entdeckte sie sie. Lena war mit einem jungen Mädchen in einem angeregten Gespräch und sah Marie nicht. Diese sprang auf, rief und winkte. »Lena! Magdalena! Ich bin hier.«

»Tante Marie! Was für eine Überraschung! Du bist auch hier? Wie schön! Ist sie nicht großartig, die Frau Popp? Was für eine Frau! Ach, ich bewundere sie so sehr.«

Sie ließen sich von der Menschenmenge nach draußen treiben, auf der Wienzeile standen die Frauen in Gruppen zusammen, der kalte Wind konnte sie nicht davon abhalten, den Abend ausführlich nachzubesprechen.

»Komm, ich muss dir jemanden vorstellen.« Marie hatte sich bei Lena untergehakt, und ein Glücksgefühl durchströmte sie. Sie hatte eine Nichte!

»Blöde Weiber! Geht's heim … um die Uhrzeit gehört keine Frau mehr auf die Gasse!« Der Mann, der den Gehsteig passieren wollte, fühlte sich von den vielen Frauen wohl provoziert und dachte nicht daran, auszuweichen. Laut schimpfend steuerte er mitten durch die Gruppe, und viele der Damen traten zur Seite. Marie bemerkte die Zornesfalte auf Fannis Stirn und sagte leise: »Ignorier ihn einfach.« Um dann lauter fortzusetzen: »Schau mal, das ist meine neue Nichte Magdalena. Lena, das ist meine Freundin Fanni Gold.«

»Freut mich sehr, Frau Gold.« Lena gab Fanni schüchtern die Hand.

»Hallo, Lena, es freut mich auch. Wie fanden Sie den Vortrag?«

»Grandios! Ich verehre Frau Popp. Man wird in hundert Jahren noch über sie reden!«

»Ich hoffe es, ich hoffe es sehr.«

Fanni schlug vor, noch etwas trinken zu gehen, doch nach einem Blick auf die Uhr beschloss Marie, den Heimweg anzutreten.

Oskar war schon fast eingeschlafen und machte seine Nachttischlampe noch mal an, als er die Tür hörte. Marie putzte kurz die Zähne, wusch sich das Gesicht und schlüpfte zu ihrem Mann unter die Decke.

»Und, wie war es?«

»Großartig. Das ist eine mutige Frau, ich würd mich das nicht trauen.«

»Du bist auch mutig, meine Liebe, denk mal dran, was du alles schon geschafft hast.«

»Ja, aber vor so vielen Leuten reden, das ist schon was anderes.«

»Das kann man lernen. Weißt du noch, wie sehr du immer Angst hattest, wenn du in der Buchhandlung etwas empfehlen musstest? Inzwischen ist es ganz einfach. … Aber jetzt erzähl mal, wollen die eine Revolution, diese Sozialdemokraten?«

»Na ja, ungerecht ist das ja schon alles, oder? Und dass die Hausangestellten mehr Rechte bekommen sollen und wir Frauen ja auch nichts dafürkönnen, dass wir die Kinder kriegen, das finde ich schon richtig … Und diese Ehereform, ich meine, das ist doch eigentlich schlimm, dass man sich nicht scheiden lassen kann, oder?«

»Willst du dich denn scheiden lassen?«

»Nein, natürlich nicht. Mir geht es ja auch gut mit dir. Aber zum Beispiel die Kurz vom dritten Stock. Es wissen doch alle, dass die von ihrem Mann geschlagen wird. Wenn sie den jetzt verlässt, dann kann sie sich nicht scheiden lassen. Und das ist eine junge, hübsche Frau, die könnte doch noch einmal jemand anderen kennenlernen. Und dürfte dann mit dem nur in Sünde zusammenleben.«

»Ja, da hast du recht. So hab ich das noch nie gesehen.«

»Du solltest dich auch ein bisschen mehr für Politik interessieren, nicht immer nur Romane lesen. Und dass die Reichen so reich sind, obwohl sie oft gar nichts arbeiten, und andere zehn Stunden in der Fabrik stehen und fast nichts bekommen ... das ist doch alles nicht gerecht, oder?«

»Sagt die Frau, die geweint hat, als ihr Kaiser gestorben ist«, lachte Oskar. »Ich hab die Nase voll von der Politik, da kommen nur Kriege dabei raus.«

»Aber wir leben doch jetzt in einer Demokratie! Da kann man mitgestalten. Das hast du mir immer wieder erklärt, als der Kaiser damals weg war.«

»Ja, aber vergiss nicht, ich bin Jude. Wir sollen nicht auffallen und unsere Arbeit machen, uns lassen sie eh nicht mitgestalten, da halt ich lieber meinen Mund.«

»Wie du das immer sagst: *Jude*. Das ist doch lächerlich. Du bist ein echter Österreicher, hast im Krieg gekämpft, was soll das alles?«

»Jetzt komm schlafen, meine kleine Revolutionärin, morgen kannst wieder die Welt retten.«

»Machst du dich lustig über mich?«

»Nein, gar nicht, im Gegenteil.

»Vielleicht bekommen wir ja noch mal ein Mädchen.«

»Ja, aber sie muss nicht gleich Bundeskanzlerin werden.«

»Nein, das nicht. Überleben muss sie. Sollen wir Paul wirklich in einem Kindergarten anmelden?«

»Vielleicht. Ich weiß auch nicht. Wir können ja mal nachfragen, was das kostet und ob wir einen Platz bekommen.«

Oskar war fast noch skeptischer, seinen Sohn von jemand anderem betreuen zu lassen. Schließlich war er in einem Kinderheim aufgewachsen und dachte immer noch mit Entsetzen an die lieblosen Erzieherinnen und die Gewalt unter den Kindern. Als ob Marie seine Gedanken lesen könnte, sagte sie: »Ich glaube, das hat mit den Heimen, die du kennst, nichts zu tun. Schau nur, wie lieb die Lena ist, ich kann mir nicht vorstellen, dass sie grausam zu den ihr anvertrauten Kindern ist.«

»Du hast recht, die Zeiten haben sich geändert. Aber jetzt schlafen wir und freuen uns auf unsere neue Kanzlerin.«

Zum Schlafen war Marie viel zu aufgewühlt, obwohl der Tag lang gewesen war, spürte sie keine Müdigkeit.

»Ich schau noch einmal nach den Kindern.«

Sie stieg wieder aus dem Bett und öffnete leise die Tür zum Kabinett, in dem Friedrich und Paul schliefen. Marie nahm das aufgeschlagene Buch von Friedrichs Brust, zog dem kleinen Paul den Daumen aus dem Mund und deckte beide zu. In der Küche machte sie kein Licht an, holte sich nichts zu trinken, setzte sich einfach an den Tisch und betrachtete im Schein der Straßenlaterne die schiefen Schränke. Was für ein Glück sie doch gehabt hatten, als sie vor zwei Monaten in diese größere Wohnung im Haus hatten ziehen können. Das Klo war zwar immer noch im Stiegenhaus, aber wenigstens auf ihrer Etage, und sie mussten es sich nur mit einem Nachbar teilen, der kaum zu Hause war. Auch das Wasser gab es nach wie vor nur an der Bassena, aber der Küchenherd war um einiges größer und moderner als der in ihrer alten Wohnung. Und das Beste war, dass die Wohnung ein kleines Kabinett hatte, in dem die Kinder schlafen konnten. Es ging zwar nur in einen kleinen Lichthof, der diesen Namen keineswegs verdient hatte, dunkel, wie er war. Aber es war ein eigenes Zimmer, und jedes der Kinder hatte sein eigenes Bett. Wenn dann das Baby kam, würde es zunächst bei Oskar und ihr im Schlafzimmer ein Bettchen bekommen, dann würden sie weitersehen.

Aber es war nicht nur Glück gewesen, dass sie die größere Wohnung bekommen hatten, es war auch ihre Beharrlichkeit, auf die Marie ein wenig stolz war. Denn als Marie ein paar Wochen zuvor mitbekommen hatte, dass die alte Frau Navratil gestorben war, war sie schnurstracks zum Hausbesitzer gegangen und hatte ihn überredet, ihrer Familie die frei gewordene Wohnung zu geben. Dreimal hatte sie bei ihm vorgesprochen, beim dritten Mal hatte sie ihr bestes Kleid angezogen und einen Kuchen gebacken.

Oskar war ein wenig entsetzt gewesen: »Wie kannst du nur so dreist sein, Marie? Du bist ja schon wie eine richtige Wienerin!« Ein bisschen war er aber auch stolz auf seine Frau und wie sie ihr Leben manchmal in die Hand nahm.

Marie streichelte über ihren Bauch. »Na, meine kleine Bundeskanzlerin? Geht's dir eh gut?« Marie hoffte auch, dass es ein Mädchen war, inzwischen war sie wieder bereit für eine Tochter und hätte nicht mehr das Gefühl, die kleine Rosa zu verraten.

Acht Jahre wäre Rosa nun schon. Ein Schulmädchen mit rutschenden Kniestrümpfen, Zöpfen und einer Zahnlücke. Obwohl selten über sie gesprochen wurde, war das Kind für Marie ein fester Bestandteil ihrer Familie. Oft dachte sie: Was würde Rosa jetzt sagen, welches Zuckerl würde Rosa jetzt wählen, was für ein Buch würde sie sich wünschen?

Als sich ein paar Monate nach Rosas Tod erneut eine Schwangerschaft einstellte, hoffte Marie inständig, dass es kein Mädchen werden würde. Nichts sollte sie an die damals ungewünschte Schwangerschaft erinnern, an ihre Zweifel, die schwierige

Geburt und schließlich an die kurze Krankheit, die Rosa nur wegen Marie bekommen hatte, da war sie sich immer noch sicher. Wäre sie damals nicht zu den von Herkners arbeiten gegangen, hätte sie sich nicht mit der Grippe angesteckt, und Rosa wäre noch am Leben. Sie würde jetzt da drinnen neben ihren Brüdern friedlich schlafen. Ganz verschwunden war die Trauer nie, sie hatte sich nur verändert. Auch das Gefühl, schuld zu sein am Tod des Kindes, war etwas, das nie weggehen würde, aber sie hatte gelernt, damit zu leben.

An die Schwangerschaft mit Paul, die ein paar Monate nach Rosas Tod eintrat, hatte sie keine gute Erinnerung. Damals hatte sie sich innerlich so leer gefühlt, es gab Tage, da schaffte sie es kaum, am Morgen aus dem Bett zu kommen. Diese Zeit war eine wie in einen grauen Nebel getauchte Erinnerung, tagsüber funktionierte sie wie eine Maschine, nachts lag sie eng an ihren Mann geschmiegt, der nicht müde wurde, sie zu halten und zu trösten, obwohl er selbst so um seine Tochter trauerte. Wäre damals nicht der kleine Friedrich gewesen, sie hätte wohl kaum einen Grund gesehen, weiterzuleben.

In dieser Zeit war sie nicht in der Lage gewesen, sich über das neue Kind zu freuen, und war sicher, dass auch dieses sterben oder sie die Geburt nicht überleben würde, geschwächt, wie sie war. Doch dann purzelte der kleine Paul in ihr Leben – nicht einmal zwei Stunden dauerte die Geburt –, die Hebamme hatte kaum etwas zu tun, und es ging so problemlos, dass niemand daran gedacht hatte, den damals sechsjährigen Fritz wegzubringen. So war er der Erste gewesen, der den kleinen Bruder im Arm gehalten hatte, und es war, als hätte dieses Erlebnis die beiden für immer zusammengeschweißt. Obwohl sie grundverschieden waren – der Große ernst und zurückhaltend, der Kleine forsch und draufgängerisch – und der Altersunterschied beträchtlich, waren sie unzertrennlich. Friedrich spielte stundenlang mit dem kleinen Bruder und hatte eine Engelsgeduld mit ihm. Paul war wie ein Sonnenstrahl in ihrem damals so dunklen Leben. Mit stämmigen Beinchen strampelte er vor Vergnügen, trank mit großem Appetit, schlief in der Nacht wie ein Murmeltier und war so gut wie nie krank. In seinen dunklen Augen blitzte der Schalk, er schaffte es, auch Marie immer öfter zum Lachen zu bringen. Paul war ein echter Glücksfall für die Familie, er brachte ihnen Freude und Zuversicht zurück.

Nun war sie also noch einmal guter Hoffnung, ein Kind, mit dem sie nicht mehr gerechnet hatte. Sie freute sich darauf, fühlte sich gesund und stark, vielleicht war das sogar die schönste Schwangerschaft bisher. Bei Friedrich war sie so jung und unbedarft gewesen! Gut, Oskar und sie waren verliebt gewesen bis über beide Ohren, aber eigentlich hatte sie damals auch immer wieder schreckliche Angst vor der Zukunft gehabt. An die Niederkunft mit Rosa wollte sie lieber gar nicht denken, mitten im Krieg ein ganz und gar ungewolltes Kind zu bekommen, war wohl eine der schlimmsten Erfahrungen.

Marie schreckte hoch, als Oskar plötzlich in der Küchentür stand. Seine Haare waren ganz verstrubbelt und seine Augen klein. Er schien bereits geschlafen zu haben. »Was ist mit dir? Warum gehst du nicht schlafen?«

Er ließ sich neben Marie auf das Küchensofa fallen und legte seinen Arm um sie.

»Nichts. Ich musste nur ein bisschen nachdenken. Ich komm schon.«

Marie schmiegte sich kurz an ihn und schob ihre kalten Füße unter seine Beine.

»Ich weiß schon einen Namen für das Kind.«

»Ja?«

»Ich möchte sie Charlotte nennen.«

»Charlotte? Hattest du eine in der Familie?«

»Nein, eben nicht. Ich finde, es ist an der Zeit, nach vorne zu schauen.«

»Also doch eine Bundeskanzlerin«, lachte Oskar. »Von mir aus. Aber jetzt komm schlafen.«

März 1925

MANCHMAL KONNTE MARIE es gar nicht fassen. Sie hatte eine Familie, wenn auch nur eine kleine. Aber Lena war ihre leibliche Nichte und ihr so rasch ans Herz gewachsen, dass es fast so war, als würden sie sich immer schon kennen. Mindestens einmal in der Woche sahen sie sich, trafen sich zum Spazierengehen oder Lena kam am Abend zu ihnen. Die Kinder liebten sie, am liebsten hätten sie gehabt, dass Lena bei ihnen einzog.

Doch diese dachte nicht daran, machte ihre Späße mit den Kindern und sagte: »Schatzis, ich hab doch einen Mann! Was soll der denn ohne mich machen? Und wir können nicht beide bei euch einziehen, dazu ist die Wohnung wirklich zu klein.«

Es dauerte lange, bis sie Kilian endlich kennenlernten. Oskar witzelte schon und machte Späße darüber, dass es ihn vielleicht gar nicht gab: »Er hat Nachtschicht, er hat Wochenendschicht, er hat Gewerkschaftstreffen, er hat eine Agitationsfahrt nach Niederösterreich! Bist du sicher, dass sie einen Mann hat?«

Doch endlich war es so weit. »Kilian hat frei am Wochenende. Also zumindest so, dass wir zusammen Mittag essen können«, verkündete Lena und lud die Familie Nowak zum Sonntagsbraten ein.

Die Kinder waren so aufgeregt, dass Paul bereits um sechs Uhr aus seinem Bett sprang und alle weckte. Sie kleideten sich, als würden sie ins Theater gehen, Oskar bürstete unermüdlich an seinem alten Anzug herum, und Friedrich putzte sogar seine

Schuhe. Sie machten sich zu Fuß auf den Weg in den 15. Bezirk, obwohl Paul maulte und lieber mit der Stadtbahn fahren wollte.

»Zurück fahren wir mit der Bahn, Paul. Und jetzt komm, wir wollen nicht zu spät kommen«, mahnte Marie, und sie machten sich auf den Weg.

Lena und Kilian wohnten in einer großen Siedlung auf der Schmelz. Zu Fuß aus Währing brauchten sie eine Stunde, und obwohl sie einen kleinen Umweg über den Hernalser Friedhof machten, waren sie viel zu früh da. Ihr Weg führte sie durch eine Kleingartensiedlung, in der an diesem Sonntagvormittag bei schönem Wetter reges Leben herrschte.

»Hier war ich ein paarmal, gleich nach dem Krieg. In den Kriegsgemüsegärten gab es manchmal ein paar Kartoffeln oder Rüben.« – »Kannst dich noch erinnern, Friedrich? Wir sind einmal zu Fuß hergegangen, die Rosa war ganz warm im Wagerl eingepackt.«

»Ich weiß es nicht mehr.« Friedrich schüttelte unwirsch den Kopf, es war, als wolle er sich an diese Zeiten nicht mehr erinnern. Von dem Hunger, der Kälte, der Verzweiflung seiner Eltern und schließlich dem Tod seiner kleinen Schwester, der die gesamte Familie völlig aus der Bahn geworfen hatte, von all dem wollte er nichts mehr wissen. Marie war schon aufgefallen, dass der Bub sogar das Zimmer verließ, wenn sie mit Oskar über den Krieg oder die Zeit danach redete.

»Aber in der Siedlung war so ein riesiges Karnickel! Weißt nicht mehr?«

»Doch, jetzt kann ich mich erinnern. Es war in einem kleinen Käfig, und es war groß wie ein Hund!« Friedrich lachte. »Am Anfang hab ich mich gefürchtet, aber dann durfte ich es streicheln.«

»Siehst du? Jetzt weißt du es wieder.« Vielleicht war das eine Gabe ihres Erstgeborenen, dachte Marie. Sich nur an die guten

Sachen zu erinnern. Er wusste noch vom dicken Kaninchen und dass er es streicheln durfte, aber anscheinend nicht mehr vom langen Heimweg, als er vor Erschöpfung und Kälte leise geweint hatte und Marie den alten Kinderwagen mit zwei Kindern und ihrer Beute mühevoll den Berg nach Währing zurückgeschoben hatte.

»Hach, so einen Garten hätte ich auch gerne«, sagte Marie und schaute versonnen einer jungen Frau zu, die mit kräftigen Bewegungen ein Beet aushob. »Wir könnten unsere eigenen Kartoffeln ernten.«

»Keine Ahnung, wie man zu so einem Garten kommt. Aber vielleicht weiß es ja deine Nichte. Komm, wir kommen noch zu spät.« Oskar hatte sich den müden Pauli auf die Schultern gesetzt und trieb sie an, obwohl sie noch genügend Zeit hatten.

Staunend standen sie vor der riesigen Siedlung, die wie eine ganze Stadt wirkte. »Unglaublich!« Oskar staunte. »Wie viele Menschen da wohl wohnen?«

»100 Millionen«, sagte der kleine Paul, der begonnen hatte, die Fenster zu zählen. Es war gut, dass sie so früh dran waren, denn es dauerte fast noch mal zehn Minuten, das große Areal zu umrunden, um den richtigen Eingang zu finden. »Stiege 24, dritter Stock, Tür 8«, las Friedrich von einem Zettel ab, den er aus der Hosentasche gefischt hatte. In der Mitte des Baus lag ein großes Planschbecken, das zwar noch nicht in Betrieb war, die Kinder aber nicht davon abhielt, sehnsüchtig davorzustehen.

»Wie mir die Lena erzählt hat, sie wohnen im ›Planschbeckenbau‹, dachte ich, sie macht einen Witz«, lachte Marie. »Aber das stimmt ja wirklich!«

Das Stiegenhaus war hell und sauber, der Handlauf der Treppe aus weißem Holz, und es roch nach Schmierseife. Jedes der Häuser hatte nur drei Stockwerke, und im zweiten blieben sie stehen, um aus dem Fenster zu schauen. Zwischen den einzelnen Häusern lagen in Parzellen aufgeteilte Gärten, die meisten von ihnen waren voller Gemüsebeete, doch hin und wieder blitzten auch ein paar Astern und Hortensien durch. »Mein Gott, ist das schön«, murmelte Marie und dachte an ihren dunklen Lichthof, in den sich nie ein Sonnenstrahl verirrte.

Bereits an der Wohnungstür schlug ihnen köstlicher Bratenduft entgegen. Die Kinder blickten ihre Eltern begeistert an, bei ihnen zu Hause kam nach wie vor selten Fleisch auf den Tisch.

»Tante Lena, was gibt es denn zum Essen?« Paul zupfte seine Tante aufgeregt am Ärmel.

»Paul! Sei nicht schon wieder so neugierig! Und zieh deine Schuhe aus, danach gehst du Hände waschen ins Bad.«

»Du bist immer so streng.« Lena schloss den kleinen Paul in die Arme. »Es gibt Entenbraten. Und dazu Erdäpfelknödel und Krautsalat.«

»Ich mag keinen Krautsalat! Aber Knödel und Ente mag ich.« Paul stellte seine Schuhe ordentlich ins Vorzimmer und wusch sich seine Hände in der Abwasch. »Mama, hab ich schon einmal eine Ente gegessen? Mag ich das?«

»Ich glaube nicht, dass du schon mal Ente gegessen hast. Schmeckt ein bisschen wie Hendl. Ich glaube, du magst das.«

»Kilian kommt gleich, er hatte am Vormittag noch eine Parteiversammlung.«

Da öffnete sich auch schon die Tür, und herein trat ein großer Mann. »Hallo! Entschuldigt bitte! Die Partei kennt leider keinen Sonntag!«

Er streckte ihnen die Hand entgegen und wirkte voller Energie. Er war kräftig, sein Händedruck fest, und die Mütze, die er schräg auf seinem Kopf hatte, ließ ihn verwegen erscheinen.

»Du musst Marie sein! Die großartige Tante! Und du der

berühmte Buchhändler, Lena hat schon so viel von euch erzählt, ich habe das Gefühl, ich kenne euch schon gut!«

»Und mich? Kennst du mich auch?« Paul schob sich zwischen seine Eltern und den jungen Mann und hob selbstbewusst das Kinn. »Ich bin der Paul. Und das ist mein großer Bruder, der Friedrich.«

Kilian hockte sich vor den kleinen Paul und reichte ihm feierlich die Hand, die dieser begeistert ergriff.

»Guten Tag, Paul. Es freut mich, dich kennenzulernen. Wie alt bist du denn?«

»Ich bin fast fünf. Und mein großer Bruder ist elf.«

»Da seid ihr ja schon große Buben! Mama und Papa sind sicher stolz auf euch.«

»Ja, der Friedrich geht jetzt ins Gymnasium, aber er hilft dem Papa ganz viel in der Buchhandlung. Und ich helf ihm auch, aber ich will jetzt in so einen Garten mit Kindern, da, wo die Tante Lena arbeitet.«

»In einen Kindergarten, meinst du? Ja, das ist eine gute Idee, das gefällt dir sicher. Und der Friedrich, der könnte doch zu den *Kinderfreunden* gehen. Na, was meinst du?«

»Der Friedrich ist sehr beschäftigt mit Schule, und er hilft mir gerne im Geschäft. Der braucht keine Kinderfreunde!« Oskars Stimme klang unfreundlich, Marie blickte ihn scharf an. Seit dem Krieg war ihm alles Politische verhasst, das wusste sie. Er äußerte sich nie zu politischen Themen und war sogar nur mit Mühe dazu zu überreden gewesen, im neunzehner Jahr zur Wahl zu gehen. Aber dass er bei der neuen Verwandtschaft so unwirsch war, fand sie dann doch ein wenig übertrieben.

Zum Glück reagierte Kilian nicht darauf und wandte sich seiner jungen Frau zu. »Hm, wie das wieder duftet! So eine Frau vom Land hat schon ihre Vorteile! Die können kochen!« Er fasste Lena von hinten um die Hüften und küsste sie stürmisch in den Nacken. Die Kinder kicherten, und Lena hob ihren Kochlöffel in die Luft und lachte: »Na warte, dir werd ich gleich eine Frau vom Land geben, die haben nämlich auch kräftige Arme.«

»Ja, das kann ich nur unterschreiben, so Mädchen vom Land mit ihren starken Armen sind nicht zu unterschätzen und die Knödel auch nicht zu verachten.« Marie war froh, dass Oskar darauf einstieg, die Unterhaltung wieder auf ein harmloses Terrain zu lenken, und stach mit der Gabel in einen der Kartoffelknödel, die im siedenden Wasser schwammen. Perfekte Konsistenz, wie bei der Großmutter.

»Wo habt ihr euch eigentlich kennengelernt?«

»Tja, das hat leider auch mit Politik zu tun«, lachte Kilian und blickte Oskar mit gespielter Betroffenheit an.

»Agitation. Plumpe Agitation war das!«

»Aber du warst sehr offen dafür, meine Liebe, oder?«

»Es war bei einer Versammlung in Linz, er hat so eine schöne Rede gehalten, kämpferisch und doch poetisch, ich weiß zwar nicht mehr, um was genau es gegangen ist, aber um mich war's geschehen.«

»Du bist nachher zu mir gekommen und hast mich genau ausgefragt, wie das denn sei mit dem Achtstundentag und der Lohnfortzahlung im Krankenstand.«

»Stimmt! Und du hast mich auf ein paar Würstel eingeladen danach.«

»Die besten Würstel meines Lebens!«

»Na ja, ich weiß noch, dass der Senf grauslich war. Ohne Spaß – die Politik hat uns zusammengebracht. Wir kämpfen gemeinsam für ein besseres Österreich. Aber Marie und Oskar, wie habt ihr euch kennengelernt?«

Nun meldete sich Friedrich zu Wort, der bisher aufmerksam lauschend auf dem Sofa gesessen hatte. »Die Mama ist in die

Buchhandlung gegangen, weil sie was abholen wollte, da ist der ganze Schnee auf sie draufgefallen.«

»Ja, da hat Fritz recht. Sie ist reingekommen und sah aus wie ein Schneemann. Da musste ich sie ein bisschen trockenlegen.«

Nachdem sie Lena und Kilian die Geschichte noch etwas genauer erzählt hatten, lud Lena sie ein, sich den Rest der Wohnung anzuschauen. Marie und Oskar gingen staunend in das Zimmer neben der Küche. Die Wohnung war zwar nicht sehr groß, hatte aber eine geräumige Wohnküche und ein extra Schlafzimmer. Durch die großen Fenster strahlte die Sonne auf den blank geputzten Linoleumboden. Doch was Marie am meisten beeindruckte, waren der Gasherd und das fließende Wasser. Keine Kohle mehr schleppen und nicht ständig zur Bassena die Wasserkrüge auffüllen, das wäre ihr Traum!

»Wie bekommt man denn so eine Wohnung?« Marie blickte sich um, als wäre sie in einem Palast.

»Eine Gemeindewohnung? Da kann man sich anmelden. Wenn man bestimmte Kriterien erfüllt, kriegt man eine zugewiesen.«

»Da muss man sicher Mitglied in der Partei sein, und das werden wir nicht«, sagte Oskar und setzte sich auf das kleine Sofa.

»Das stimmt doch nicht. Die Stadt Wien hat vor, insgesamt 60 000 Wohnungen zu bauen, das hier ist der Anfang!« In Kilians Stimme schwang Stolz mit, geradeso, als wäre er bei der Errichtung der Wohnungen selbst beteiligt. »Das Geld kommt aus einer Luxussteuer und der Lustbarkeitsabgabe. Pro Kind gibt es ein paar Quadratmeter zusätzlich, und euch müsste eine Wohnung mit zwei Schlafzimmern zugeteilt werden.«

»Oskar, wir könnten uns doch für so eine Wohnung bewerben! Was meinst du?« Maries Augen leuchteten. »Wir könnten es zumindest versuchen.«

»Wie gesagt, ich trete sicher in keine Partei ein, nur damit ich dann eine Wohnung bekomme.«

»Das musst du nicht, man bekommt auch so eine. Ich werde euch beim Antrag helfen. Und du bist ein Mann mit Prinzipien, das gefällt mir.« Kilian lachte und nahm Oskar am Arm. »Und jetzt lass uns essen!«

»Wann gibt es endlich die Ente? Ich hab so Hunger!« Nun unterbrach auch Pauli die Gespräche der Erwachsenen, indem er sich an den Esstisch setzte, mit seinen Händen Messer und Gabel in die Höhe hielt und erwartungsvoll in die Runde schaute.

»Pauli, du bist unmöglich! Du hast doch ausgiebig gefrühstückt.«

»Das ist doch Stunden her, und wir sind so weit gegangen. Außerdem riecht es so gut.«

»Ja, er hat recht. Wir essen jetzt.« Lena zog zwei Topfhandschuhe an und holte die große Kasserolle aus dem Backofen.

22. Oktober 1931

»ABER ER WAR DOCH noch gar nicht alt!«

»Ich glaub, er hatte ein Herzleiden.«

»Vielleicht.«

»Kein medizinisches. Ein gebrochenes Herz hatte er.«

»Ja, da haben Sie wahrscheinlich recht. Erst ist die Frau einfach fort und hat ihn mit den Kindern sitzen lassen und dann auch noch das schreckliche Unglück mit der Tochter. Wer will denn da schon weiterleben?«

»Darf es noch etwas sein, Frau Turek?« Marie wickelte das Kochbuch in ein Stück Papier und drehte die Kurbel der Kasse. »Das macht bitte zwei Schilling zwanzig.«

»Nein, danke, Frau Nowak. Ich danke Ihnen. Und grüßen Sie den Gatten von mir. Wie geht's den Kindern?«

»Sehr gut geht's ihnen. Die Lotte hat jetzt mit der Schule angefangen. Sie ist recht eifrig bei der Sache.«

»Sehr gut. Sagen Sie, Sie kannten den Schnitzler doch besser? Wissen Sie nichts Genaueres? Warum der jetzt so plötzlich gestorben ist?«

»Ich weiß nichts. Ich habe schon lange keinen Kontakt mehr zur Familie.«

»Aber die haben doch auch hier ihre Bücher eingekauft?«

»Ja, aber so oft war er nicht da. Und meist hat mein Mann ihn bedient.«

Endlich waren sie draußen, die Turek und ihre neugierige Nachbarin. Marie ging rasch zur Ladentür, schloss ab und drehte das Schild auf *Komme gleich*. Im Hinterzimmer der Buchhandlung setzte sie sich auf den einzigen Stuhl, um sofort wieder aufzuspringen und sich ein Glas Wasser aus dem Krug, der auf dem Tisch stand, einzuschenken. Ihre Hand zitterte dabei so, dass sie die Hälfte verschüttete. Wie alt war er gewesen? Sie rechnete kurz nach: Damals, als sie bei der Familie als Kindermädchen gearbeitet hatte, hatte Arthur Schnitzler seinen fünfzigsten Geburtstag gefeiert. Als wenn es gestern gewesen wäre, sah sie den festlich gedeckten Tisch vor sich. Die feinen Gäste, die aufgeregten Kinder. Lange war das alles her, sie hatte das Gefühl, dass dieses Leben von damals nichts mehr mit ihrem jetzigen zu tun hatte.

Heftiges Pochen an der Ladentür ließ Marie aus ihren Gedanken aufschrecken. Zunächst versuchte sie es zu ignorieren, doch als es nicht nachließ, ging sie doch nach vorne und blickte durch die Scheibe.

»O Gott! Charlotte! Dich hab ich ja ganz vergessen.« Sie schloss rasch die Tür auf und nahm das Kind in die Arme. Die Kleine wand sich aus dem Griff ihrer Mutter und blickte sie verwundert an. »Warum hast du abgeschlossen? Ist schon Mittag? Wart, ich schau auf die Uhr.« Eifrig rannte die Sechsjährige in den Laden, schleuderte die Schultasche gegen das große Pult und stellte sich vor die Wanduhr über der Bürotür. Lange blickte sie mit hochgerecktem Kinn auf das Zifferblatt, um sich dann fragend zu Marie umzudrehen. »Ich kann es nicht. Wie spät ist es?«

»Es ist zwanzig vor eins. Schau mal, der große Zeiger steht kurz bei acht. Und der kleine beim Einser. Der kleine Zeiger sagt immer die Stunde.«

»Das ist so schwierig. Ich lerne das nicht.«

»Mach dir keine Sorgen, Fräulein, das lernst du ganz schnell. Schau, wie gut du schon lesen und rechnen kannst, dabei gehst erst seit Kurzem in die Schule.«

»Lesen konnte ich vorher schon. Das ist ja leicht. Aber das mit der Uhr ist wirklich schwer. Aber warum hast du denn die Tür zugesperrt, wenn noch gar nicht Mittag ist? Und wo sind der Fritzi und der Papa?«

»Weißt was, wir gehen ein bisschen früher auf Mittagspause. Heute gibt's Knödel. Und der Fritzi und der Papa, die kommen gleich, die liefern Bücher an einen Anwalt in Pötzleinsdorf. Vergiss die Schultasche nicht.«

»Die lass ich gleich da. Ich mach doch dann hier meine Aufgaben.«

»Gut, dann lass uns gehen. Der Pauli kommt heute später.«

Marie nahm ihre kleine Tochter an der Hand, und sie gingen am Währinger Rathaus vorbei in die Gentzgasse.

Mit der Hilfe von Kilian hatten sie es schließlich geschafft: Seit zwei Jahren wohnten sie nun schon im Gemeindebau direkt hinter der Buchhandlung, und jedes Mal, wenn sie die Wohnungstür aufschloss und in den schmalen Flur trat, durchströmte sie ein Gefühl der Dankbarkeit. Wie luxuriös ihr Leben geworden war! Eine Dreizimmerwohnung mit Badezimmer und einem Herd. Und vor allem eine eigene Toilette.

Die Knödel hatte sie gestern am Abend schon vorbereitet. Eine Kundin wohnte oben in Sievering und hatte einen kleinen Hühnerstall, und manchmal tauschten sie ein Buch gegen ein paar Eier. Hin und wieder gab es ein Suppenhuhn.

Marie setzte Knödelwasser auf, und Lotti deckte den Tisch, da kamen auch schon Oskar und Friedrich zur Tür herein.

»Ihr seid schon da?« Oskar küsste sie zerstreut auf die Wange, der hochgeschossene Fritz ließ sich auf einen Küchenstuhl fallen und stürzte ein Glas Milch in einem Zug runter. Er hatte ständig Hunger, war wohl immer noch am Wachsen, obwohl er mit seinen siebzehn Jahren seinen Vater längst überragte.

»Es ist ja noch nicht mal eins? War nichts los?«

Marie legte die fertigen Semmelknödel ins sprudelnde Wasser und murmelte, ohne den Kopf vom Herd zu wenden: »Der Schnitzler ist gestorben.«

»Was? Wirklich? Woher weißt du das?«

»Die Frau Turek war im Geschäft und hat es einer anderen erzählt.« Da spürte Marie, wie ihr die Tränen in die Augen schossen, und sie hielt ihr Gesicht über den heißen Wasserdampf.

Oskar umfasste sie von hinten, hielt seine Arme um ihren Leib geschlungen, und auch er hatte plötzlich einen Kloß im Hals. Die Kinder sprangen erschrocken vom Tisch auf. Lotti drängte sich zwischen die Eltern, schob sie auseinander und blickte ängstlich zu ihnen hoch.

»Was ist? Mama! Papa! Was ist denn passiert?«

»Nichts Schlimmes. Setzt euch wieder hin.« Oskar schob seine kleine Tochter wieder zum Esstisch, Marie schöpfte die Knödel aus dem Topf und stellte die Schüssel auf den Tisch.

Alle hatten einen Semmelknödel vor sich auf dem Teller liegen, doch keiner begann zu essen. Die Kinder sahen ihre Eltern erwartungsvoll an.

»Der Herr Schnitzler ist gestern verstorben.«

Lotte baumelte mit den Beinen und stach mit der Gabel in ihren Knödel. »Und wer ist das? Der Herr Schnitzel?«

»Schnitzler. Das ist ein ganz bedeutender Dichter, du dummes Kind.« Friedrich blickte sich Beifall heischend um. »Und er schreibt Bücher, die wir im Geschäft verkaufen, und manchmal kommt er auch zu uns und kauft ein Buch.«

»Ja, aber warum weint die Mama dann, wenn er stirbt?« Lotte wollte immer alles ganz genau wissen.

»Weil sie ihn gekannt hat. Sie hat früher auf seine Kinder aufgepasst.« Friedrich genoss seine Rolle, er wusste mehr als seine kleine Schwester.

»Das weiß ich doch«, trumpfte Lotti auf. »Das hat die Mama erzählt, wie wir mit der Tante Fanni im Museum waren. Und du warst gar nicht mit.«

»Ich weiß es aber trotzdem, du kleine Besserwisserin! Die Mama hat sogar bei denen gewohnt.«

»Echt? Richtig gewohnt? Waren das dann deine Kinder, Mama?« Charlotte runzelte die Stirn und sah Marie fragend an.

»Nein, natürlich waren das nicht meine Kinder. Ich hab nur auf sie aufgepasst.«

»Und ich weiß, dass sie Heini und Lili geheißen haben.« Lotti blickte stolz in die Runde.

»Was du dir alles merkst! Soll ich euch ein bisschen über sie erzählen?«

Jetzt legte auch Friedrich seine Gabel neben den Teller und lehnte sich gespannt vor. Seine Mutter redete selten von ihrer Zeit als Kindermädchen im Hause Schnitzler, er konnte sich an ein paar Erzählungen erinnern, da war er aber noch klein gewesen. Immer wieder hatte er nachgefragt, und immer hatte die Mutter nur abgewunken, meinte, das sei nicht mehr interessant, das sei schon so lange her und ihr Leben mit ihnen wäre viel wichtiger. Er konnte sich dieses Leben vor seiner Geburt gar nicht vorstellen: seine Eltern kein Paar, seine Mutter nicht in der Buchhandlung oder mit ihm und seinen Geschwistern. Und dann dieser Krieg, in dem der Vater anscheinend gewesen war, aber über den er nie sprach.

»Der Bub hieß Heinrich, aber alle nannten ihn Heini. Neun Jahre alt war er, wie ich bei ihnen eingezogen bin.« Marie musste lächeln, als ihr einfiel, dass Heini immer zu ihr gesagt hatte, es hieße *als*, nicht *wie*. »Also, als ich bei der Familie Schnitzler eingezogen bin, war der Heini neun Jahre alt, und seine kleine Schwester, die Lili, die war fast noch ein Baby. Zwei Jahre.«

Und dann vergaßen alle das Essen, und Marie erzählte vom Haus in der Sternwartestraße und wie sie das erste Mal dort gewesen war. Von der Köchin Anna und der gemütlichen Küche, und als sie erzählte, dass sie mit der Familie einen Urlaub am Meer gemacht hatte, bekam Friedrich große Augen. »Ich will auch ans Meer! Wie ist das? Bist du auch mit einem Schiff gefahren?«

»Ja, du wirst sicher auch mal ans Meer kommen. Du bist ja noch jung.«

Lotte hingegen konnte gar nicht genug über diese Kinder wissen, auf die ihre Mutter früher aufgepasst hatte. Es schien, als wäre sie fast ein wenig eifersüchtig, als hätte sie Angst, die Mama würde wieder zurückgehen, zurück in die fremde Familie. »Ja, und die Kinder, diese Lili und der Heini, die müssen doch ganz furchtbar traurig sein, jetzt, wo ihr Papa gestorben ist.« Sie kletterte auf Oskars Schoß und schlang ihre Arme um seinen Hals.

»Na ja, schon. Aber weißt du, der Heini ist jetzt ein erwachsener Mann, der lebt in Berlin und studiert oder arbeitet da. Und wenn man erwachsen ist, dann ist das zwar auch recht traurig, wenn Papa oder Mama sterben, aber es ist auch normal. Wenn man alt ist, stirbt man.«

Da füllten sich die großen braunen Augen der Sechsjährigen plötzlich mit Tränen, und sie zog mehrmals geräuschvoll die Nase hoch. »Du hast erzählt, dass die Lili auch gestorben ist. Das hast du gesagt! Wie wir Schnitzel essen waren mit der Tante Fanni. Aber die war doch noch nicht alt, die Lili!« Und dann konnte sie die Tränen nicht mehr halten und schluchzte verzweifelt: »Und die Rosa, die ist auch gestorben, obwohl sie nicht alt war. Die war ein Kind! Jeder kann sterben, das weiß ich genau! Du und der Papa und der Fritzi und die Tante Fanni und ich auch!«

Marie blickte Oskar hilfesuchend an. Wie nur findet man die Worte, um einer Sechsjährigen den Tod zu erklären? Schließlich hatte sie recht, jeder konnte sterben, jeder von ihnen, egal ob jung oder alt, aber sie wollte nicht, dass ihr kleines Mädchen übers Sterben nachdachte. Sie sollte lustig sein und unbeschwert und wissbegierig und sich nicht den Kopf darüber zerbrechen, dass man einfach so sterben konnte.

Oskar nahm ihr Gesicht in seine Hände und sah ihr in die Augen. »Das stimmt natürlich, mein Liebchen. Aber wir sind gesund und glücklich, und wir haben uns! Wir sind eine Familie und halten zusammen, und manchmal passiert halt etwas Schreckliches. Jemand wird krank oder kann auch sterben, aber das weiß man vorher nicht. Und darum müssen wir immer füreinander da sein, weißt du?«

Obwohl Lotti ziemlich sicher nicht alles verstand, was der Vater sagen wollte, beruhigte sie sich. »Ja, Papa«, sagte sie, rückte von ihm ab und begann ungerührt, ihren Semmelknödel zu verspeisen. Oskar, Marie und Friedrich sahen sich an und brachen in erleichtertes Lachen aus.

Mitten ins Gelächter stürmte Paul in die Wohnung. »Was ist denn so lustig? Habt ihr schon zum Essen angefangen? Ich hab Hunger.«

»Es gibt Semmelknödel, und wir haben gerade übers Sterben geredet.«

»Charlotte, wie oft hab ich dir schon gesagt, dass man mit vollem Mund nicht spricht.« Maries Ermahnung klang eher wie eine Liebkosung, und Lotte ließ sich davon nicht beeindrucken.

»Ihr habt über das Sterben gesprochen und dabei gelacht?« Paul warf seine Kappe auf die Küchenkredenz und setzte sich.

»Ja, ich erklär es dir später.« Oskar blickte seinen Zweitältesten an und hielt den Deckel noch auf dem Topf. »Kannst du mir noch schnell einen Gefallen tun?«

»Ja, bekomm ich keine Knödel? Übrigens, ich hab einen Zweier in Latein. Der Studienrat hat mich gelobt!«

»Sehr schön. Du bist ein gescheiter und fleißiger Bub. Essen gibt's gleich, kannst du schnell runterlaufen und eine Zeitung holen?«

»Jetzt?«

»Ja, bitte. Hier hast du vierzig Groschen, gehst runter in die Trafik und kaufst eine *Neue Freie Presse*. Dann kommst schnell wieder und darfst Knödel essen, so viel du willst.«

Paul nahm das Geld und stürzte aus der Wohnung, um ein paar Minuten später mit der gewünschten Zeitung wiederzukommen. »So, jetzt will ich aber was zu essen!«

Marie trug Paul das Essen auf, und Oskar nahm sich die Zeitung. »Da schau her! Ein Nachruf von Stefan Zweig, einer vom Werfel, und da ist noch ein dritter, von Anton Wildgans.«

Sie beugten sich beide über die Zeitung und überflogen die Seiten. Friedrich nahm schließlich das Blatt an sich und begann mit ernster Stimme vorzulesen: *»Eine eisige Hand hat uns alle berührt. Arthur Schnitzler, der geliebte Dichter, der herrliche Mensch, ist nicht mehr. Vor dem Tore dieses unheildrohenden Winters hat er haltgemacht, an der Stunde fassungslosen Schmerzes kann seine Gestalt, sein Werk, seine Wirkung nicht überblickt werden. Es geht mit ihm ein großer Künstler, ein reiner Geist, eine sittliche Kraft hoher Verantwortung in die Weltgeschichte ein. Zugleich aber verschwindet mit seinem schönen und lieben Antlitz der letzte Schein – unserer verlorenen Heimat, der Abglanz des alten Oesterreich in tiefer Nacht.«*

Erneut stiegen Marie die Tränen in die Augen, und rasch wandte sie sich ab, sie wollte Lotti nicht wieder erschrecken.

»Wir machen am Nachmittag ein Schaufenster im Geschäft. Schließlich hat er hier gelebt und bei uns eingekauft. Darf ich?« Friedrich stand vom Tisch auf. »Wir haben viele Bücher von ihm da. Und die Zeitung häng ich ins Fenster.«

»Ich würde gerne zur Beerdigung gehen. Ihm die letzte Ehre erweisen. Er war immer gut zu mir. Oder gehört sich das nicht?« Marie klang ein wenig zögernd.

»Warum sollte sich das nicht gehören?«

»Na ja, das ist sicher eine riesige, feine Gesellschaft.«

»Du musst ja nicht die Grabrede halten. Oder neben der trauernden Witwe stehen. Ich würde ja auch gerne gehen, aber einer muss im Geschäft bleiben, also gehst du.« Oskar drückte Maries Hand.

»Warum geht ihr nicht beide? Ich bleibe im Geschäft. Das schaff ich mit links.« Fritzi hatte sich schon die Schuhe angezogen und drehte sich noch mal um. »Es ist eh nicht viel los.«

»Ich will auch im Laden helfen! Ich kann auch Bücher verkaufen!« Lotti sprang aufgeregt von ihrem Stuhl hoch.

»Ja, du kommst nach der Schule und hilfst mir.«

Oskar sah seinen großen Sohn stolz an. »Ich glaube, das schafft ihr, oder? Dann geh ich mit der Mama da hin, und ihr seid die Chefs.«

»Die Schule ist morgen schon um zwei Uhr aus, dann verkauf ich auch Bücher.«

»Auch du sollst nicht mit vollem Mund sprechen, Paul!«

Als die Kinder im Bett waren, lagen Marie und Oskar still nebeneinander und hielten sich an der Hand.

»Kannst du auch nicht schlafen?«

»Nein. Ich muss die ganze Zeit an den armen Herrn Doktor denken. Er war wohl ganz allein im Haus. Ich hoffe, er musste nicht lange leiden.«

»Das hoffe ich auch. Sein Leben war nicht schön in den letzten Jahren.«

»Wie lange ist das jetzt her mit der Lili?«

»Drei Jahre. Angeblich hat er sich nie davon erholt.«

»Davon kann man sich nie erholen. Das wissen wir beide doch genau.«

Marie knipste die Nachttischlampe noch einmal an und griff zu dem kleinen gerahmten Bild, das neben ihrem Bett stand. Oskar drehte sich zu ihr, legte den Arm um ihre Schultern, und dann lagen sie einfach still nebeneinander und betrachteten das Kind auf der Fotografie. Die dunklen Locken umrahmten ein blasses, schmales Gesicht, die Augen wirkten umschattet, und obwohl es lächelte, sah man deutlich, dass es nicht froh war.

»Ein richtiges großes Mädchen wär sie jetzt schon, unsere Rosa.«

»Ja, unglaublich, wie lang das jetzt schon her ist. Ich denk immer noch jeden Tag an sie.«

»Ich auch. Das Schlimme ist nur, dass ich sie mir nicht älter vorstellen kann. Ich sehe sie manchmal am Sofa liegen.«

»In deinen Gedanken?«

»Ja, aber manchmal wirkt es so echt, da muss ich dann zweimal hinschauen, und dann sehe ich erst, dass es nur ein Polster ist oder eine Weste, die Lotti nicht weggeräumt hat. Aber in Gedanken ist sie immer dieses kleine, dünne Mädchen.«

»Wie sie wohl gewesen wär?«

»Na, gescheit und lustig natürlich. Wie denn sonst, bei diesen Eltern.« Oskar küsste Marie auf die Nasenspitze.

Irgendwann schlief Oskar dann ein, und Marie war froh, sein leises Schnarchen zu hören. Sie lag lange wach, hatte das Licht gelöscht, hielt aber immer noch die Fotografie ihrer verstorbenen Tochter in den Händen.

In der Zeitung stand der genaue Ablauf des Begräbnisses. Arthur Schnitzler sollte aus seinem Haus in der Sternwartestraße abgeholt werden, dann ging es in einem Konvoi in Richtung Stadt, beim Burgtheater vorbei und den Rennweg raus, bis zum Zentralfriedhof.

»Zum Haus geh ich nicht. Das ertrag ich nicht.« Marie und Oskar saßen über die Zeitung gebeugt. »Lass uns einfach zum Friedhof fahren und uns da verabschieden.«

»Wie du meinst. Aber wahrscheinlich hast du recht. Mein Gott, da werden viele Leute kommen.«

»Ob es die Anna erfahren hat?«

»Ich weiß es nicht. Aber Zeitungen gibt es ja auch im Burgenland.«

Marie dachte oft an die Köchin in der Sternwartestraße, die ihr in ihrem Leben als Kindermädchen immer ein Anker gewesen war. Schließlich war Anna auch nicht ganz unbeteiligt gewesen, dass Marie und Oskar zusammengekommen waren, hatte sie doch die heimliche Liaison stets unterstützt.

Nachdem Marie damals ziemlich hastig ausgezogen war, um Oskar zu heiraten, hatte sie die ehemalige Köchin in unregelmäßigen Abständen noch ein paarmal getroffen. Anna kam hin und wieder in die Buchhandlung, sie tranken im Hinterzimmer Kaffee, und Anna erzählte Neuigkeiten von Heini und Lili und dass es um die Ehe der Schnitzlers immer schlechter stand. Deren Scheidung und Olgas Umzug nach München nahm sie dann schließlich zum Anlass, um ihre Kündigung einzureichen. Seit damals hatten sich Anna und Marie nicht mehr gesehen. »Weißt du, Kindchen, eigentlich ist es ja gut, dass die Furie jetzt weg ist, aber ich bin zu alt für so etwas. Wer weiß, wer da jetzt nachkommt … an wen ich mich da jetzt gewöhnen müsste. Der soll sich eine junge Köchin nehmen, mir wird das zu viel.« Anna war über sechzig, zog zu ihrer Schwester ins Burgenland und verschwand somit aus Maries Leben.

Marie mochte keine Friedhöfe. Sie verstand nicht, warum die Wiener ständig auf die Friedhöfe pilgerten, um ihrer toten Angehörigen zu gedenken. Bei ihnen zu Hause war man nur zu Allerheiligen auf den Friedhof gegangen, keiner nahm sich die Zeit, Gräber aufwendig zu pflegen. Natürlich verging kein Tag, an dem sie nicht an Rosa dachte, aber dazu musste sie nicht einmal die Woche auf den Friedhof gehen.

Fanni hatte es sich nicht nehmen lassen und wollte Oskar und Marie begleiten. Sie trafen sich bei der Oper und fuhren mit dem 71er in Richtung Zentralfriedhof. Fanni hatte Arthur Schnitzler nicht gut gekannt. Ein, zwei Mal war er zu einer Signierstunde in der Gold'schen Buchhandlung gewesen, ansonsten hatten sie keinen Kontakt gehabt. Deswegen vermutete Marie, ihre Freundin würde die Beerdigung mehr als gesellschaftliches Ereignis denn als Trauerfeier sehen, aber es war ihr egal, sie war froh, dass sie mitkam. Irgendwie fiel ihr alles leichter, wenn Fanni dabei war.

Sie gingen durch das Tor 1 und blickten sich suchend um.

»Entschuldigen Sie, wo wird denn der Herr Doktor Schnitzler beerdigt?« Fanni kannte keine Scheu. Bevor sie hier auf diesem riesigen Gelände herumirren würde, fragte sie lieber gleich den Pförtner.

»Da hinten, gleich am Anfang vom jüdischen Teil. Noch ist keiner da, aber passens auf, in einer Stunde ist hier alles voll.«

Marie erinnerte sich daran, dass der Herr Doktor oft einen

Strauß Tulpen in seinem Arbeitszimmer stehen hatte, anscheinend mochte er Tulpen, deswegen kauften sie am Blumenstand drei davon.

Der Pförtner am Friedhofstor hatte recht, eine Stunde später zog eine beeindruckende Kolonne durch das Tor 1 in ihre Richtung.

Oskar, Fanni und Marie hielten sich ein wenig abseits, stellten sich hinter ein paar Bäume und betrachteten die Leute.

Eine Kutsche, gezogen von schwarzen Pferden, rollte langsam durch die breite Allee. Die Tiere tänzelten unruhig und konnten vom Kutscher nur mühevoll in diesem Tempo gehalten werden. Dahinter ging gemessenen Schrittes eine Gruppe schwarz gekleideter Menschen.

Sie waren zu weit weg, um jemanden zu erkennen, Fanni drängte sie, weiter nach vorne zu gehen. »Kommt schon! Wir sehen ja gar nichts«, beschwerte sie sich leise.

Marie kam sich plötzlich fehl am Platz vor. Sie fühlte sich wie ein Zaungast bei einem gesellschaftlichen Spektakel, bei dem sie nichts zu suchen hatte.

»Lass uns gehen!«

»Warum? Jetzt geht's erst richtig los!«

»Es ist nicht richtig. Lass uns rausgehen und eine Kleinigkeit essen. Und wenn alle weg sind, kommen wir noch mal.« Marie klang so bestimmt, dass die beiden sie nur groß anschauten und ihr widerstandslos folgten.

Im Gasthaus gegenüber war noch nicht viel los. Sie setzten sich an einen der kleinen Tische und bestellten Kaffee und Kuchen.

»Hier ist ab zwölf Uhr reserviert. Da kommt eine große Gesellschaft, dann müssen Sie gehen.« Der Kellner in einem fadenscheinigen schwarzen Anzug wischte über den klebrigen Tisch.

»Das wissen wir, danke. Bis dahin sind wir schon längst wieder weg.« Fanni hatte manchmal eine etwas hochnäsige Art Kellnern gegenüber, und Marie war es, wie immer, unangenehm.

Es war ihnen allen dreien nicht nach reden zumute, sie hingen ihren Gedanken nach und rührten in den Tassen.

»Wisst ihr, es kommt mir nicht richtig vor, da so zuzuschauen. Ich mein, wir haben doch nichts zu tun mit dieser Familie.«

»Na, hör mal. Du hast bei ihnen gewohnt. Ihre Kinder mit aufgezogen. Du warst mit ihnen auf Urlaub.« Fanni war entrüstet.

»Ja, aber es ist schon so lange her, und es war nur kurz. Heinrich ist ein erwachsener Mann und Lili gar nicht mehr am Leben. Niemand von denen würde mich wiedererkennen.«

»Olga schon gar nicht. Die hat sich doch immer nur für sich selbst interessiert.« So sehr Oskar Arthur Schnitzler immer verehrte, so wenig machte er einen Hehl daraus, dass ihm die gnädige Frau zutiefst zuwider war.

»Aber dem Herrn Doktor werde ich immer dankbar sein. Er hat mich damals aufgenommen, obwohl ich keine Referenzen hatte. Ohne ihn wäre ich vielleicht gar nicht mehr am Leben.«

Sie bezahlten ihren dünnen Kaffee und den trockenen Kuchen, verließen das Gasthaus und gingen langsam wieder in Richtung Friedhof.

Marie beachtete die Gruppe Menschen, die ihnen auf halbem Weg entgegenkam, zunächst nicht, erst als Oskar ihren Arm nahm und stehen blieb, blickte sie auf.

Olga Schnitzler hatte sich kaum verändert, obwohl so viele Jahre vergangen waren. Schon als junge Frau hatte sie etwas Matronenhaftes gehabt, und der leicht verbissene Ausdruck um ihren Mund war mit der Zeit nicht weniger geworden. Marie erkannte sie sofort, und ohne darüber nachzudenken, blieb sie mitten auf dem Weg stehen und starrte zu der Frau im langen schwarzen Kleid. Kurz streiften sich ihre Blicke, doch natürlich erkannte Olga Schnitzler ihr ehemaliges Kindermädchen nicht. Hinter der Witwe gingen der Bruder des gnädigen Herrn, Doktor Julius Schnitzler, und seine Frau Helene, sie waren oft zu Gast in der Sternwartestraße gewesen. Und dann sah sie den groß gewachsenen, jungen Mann mit den zurückgekämmten Haaren, der ein wenig verloren nebenher ging. Obwohl er Teil der Gruppe war, schien er irgendwie nicht dazuzugehören, hielt sich ein bisschen abseits, und Marie erkannte ihn sofort. Heini, der todtraurig vom Grab seines Vaters wegging, und obwohl er fast dreißig Jahre alt war, sah Marie in dem jungen Mann den kleinen Heini, den sie so gerngehabt hatte. Sie dachte daran, wie verzagt er oft gewesen war, wenn seine Eltern wieder einmal lauthals gestritten hatten oder sein Vater unzufrieden gewesen war, weil er in einem Fach nicht die Bestnote nach Hause gebracht hatte. Heinrich Schnitzler blickte kurz auf und sah in ihre Richtung. Ohne ein Zeichen des Wiedererkennens wandte er den Blick ab und strebte dem Friedhofstor zu.

Es dauerte lange, bis der Trauerzug zu Ende war. Fanni, Oskar und Marie hielten sich abseits und warteten ab. Immer wieder flüsterte ihr Oskar Namen zu, wie etwa »Das ist Felix Salten« oder »Schau mal, Stefan Zweig«, doch Marie sah kaum hin.

Das Grab war ein riesiger Haufen von Blumen und Kränzen, die drei standen davor und lasen die vielen Spruchbänder. Marie spürte Tränen aufsteigen, wandte den Kopf ab und legte schnell ihre Tulpen zu den anderen Blumen. Es war ihr peinlich, dass sie so traurig war, was hatte sie schon zu tun mit diesem alten Mann, der da unter der Erde lag?

»Wir sollten nach Hause gehen«, sagte sie, drehte sich um und verließ mit entschlossenem Schritt die Grabstätte.

Die Kinder waren geradezu enttäuscht, als ihre Eltern vom Friedhof zurückkamen und sie nicht mehr Buchhändler spielen konnten. Es war nicht viel los gewesen, aber Paul und Lotti erzählten eifrig, dass sie einen Baedeker Rom und eine Liederfibel verkauft hatten. Nur Friedrich war ein wenig wortkarg, zeigte dem Vater die Einnahmen und die Liste der Nachbestellungen. »Das habt ihr gut gemacht. Ich bin sehr stolz auf euch.« Oskar fuhr den beiden Kleinen durchs Haar, und sie strahlten.

»Wir wollen noch weiter Bücher verkaufen, ich will noch nicht nach Hause!« Die Jüngste zog ihren Schmollmund, dem ihr Vater nur selten widerstehen konnte.

»Du machst jetzt rasch deine Hausaufgaben. Und der Pauli auch. Abmarsch, keine Widerrede. Und zwar zu Hause. Und als Belohnung gibt es am Abend heute Palatschinken. Wir haben noch Marillenmarmelade.« Marie hielt die Ladentür auf und scheuchte die beiden Kinder mit einer entschiedenen Handbewegung auf die Währinger Straße.

Als Oskar und Friedrich um kurz nach sechs nach Hause kamen, tischte Marie die Suppe auf. Lotti konnte es kaum erwarten, beim Palatschinkenmachen zu helfen, und wollte keine Suppe essen. Sie löffelte mit baumelnden Beinen lustlos vor sich hin.

»Mama, was ist ein Judenbalg?« Lotti sah Marie erwartungsvoll an und bemerkte den giftigen Blick, den Friedrich ihr zuwarf, nicht.

»Ein sehr hässliches Wort ist das, Charlotte. Das sagst du nie wieder!«

Lotti zuckte zusammen, sie war nicht daran gewöhnt, dass ihr Vater in solch einem scharfen Ton mit ihr sprach.

»Ich hab ja nur gefragt,« maulte sie. »Die Frau Hintermeier hat das heute gesagt.«

»Ist das wahr?« Oskars Stimme bebte, er hatte den Löffel mit einem lauten Scheppern in den Teller geworfen, und die Suppe spritzte über den Tisch. »Erzähl, Friedrich! Was ist passiert?« Die Kinder schienen die Luft anzuhalten.

»Friedrich, hat die Frau Hintermeier dich wirklich Judenbalg genannt?«

»Es tut mir leid, Vater. Ich habe einen Fehler beim Herausgeben gemacht. Ich hab ihr zu wenig gegeben.«

»Ja, und?«

»Da wurde sie ganz grantig und hat ›typisch Judenbalg‹ gesagt.«

»Das stimmt nicht. Ich war das.« Paul hatte bisher schweigend dagesessen, und niemand hatte ihn beachtet. Erst jetzt bemerkten sie, dass ihm Tränen lautlos über das Gesicht liefen.

»Fritz, es ist ja nobel, dass du deinen Bruder decken willst, aber lügen darfst du trotzdem nicht.«

»Ja, aber du hast ja gesagt, dass nur ich kassieren darf, aber der Pauli wollte so gern, und er macht das auch sehr gut.«

»Anscheinend nicht gut genug. Wenn er der Frau Hintermeier zu wenig rausgibt.«

»Ja, aber ich hab mich entschuldigt! Mehrmals. Und die Frau Hintermeier ist eine blöde Schachtel.« Paul schob seinen Stuhl krachend zurück und sprang vom Tisch auf. Marie wollte ihm nach, ihn beruhigen und trösten, doch Oskar hielt sie zurück, und der Bub verschwand im Schlafzimmer. Durch die Tür hörte man lautes Schluchzen, und Lotti schien ebenfalls den Tränen nahe. »Was hat der denn? Und ist ein Judenbalg etwas Schlimmes?«

Friedrich stand stolz vor »seinem« Schaufenster. Die Bücher hatte er alle drapiert und in Schönschrift ein Schild gemalt:

Arthur Schnitzler
15. Mai 1862 bis 21. Oktober 1931

Den Nachruf von Stefan Zweig hatte er auf die linke Wand geheftet, den von Franz Werfel auf die rechte.

»Hast du viel gelesen vom Herrn Schnitzler, Mama?«

»Nein, nicht so viel. Das erste Stück, das ich im Theater gesehen habe, das war von ihm: *Das weite Land*. Da hat mir der Herr Doktor zu Weihnachten Karten geschenkt, und ich war mit deinem Vater dort. Du kannst dir gar nicht vorstellen, wie aufgeregt ich damals war.«

»Und, hat's dir gefallen?«

»Ich hab damals nicht alles verstanden, aber gefallen hat's mir schon.«

Sie gingen wieder in das Geschäft, und Marie wollte gerade los zum Einkaufen, da bimmelte das Glöckchen an der Ladentür, und herein trat ein junger Mann im schwarzen Anzug. Marie sah ihn nur aus dem Augenwinkel und hörte mit Wohlwollen, wie Friedrich ihn höflich begrüßte. »Guten Tag, der Herr! Kann ich helfen?«

»Ich wollte mich kurz umschauen. Danke. Weißt du, ich war lange nicht hier, aber früher hab ich alle meine Bücher in diesem Geschäft gekauft. Bist du der Lehrling?«

»Ja, ich bin der Lehrling. Aber auch der Sohn des Inhabers.« Marie hörte den Stolz in Friedrichs Stimme und musste lächeln. Er war wirklich durch und durch Buchhändler, wollte seit seinem sechsten Lebensjahr nichts anderes sein.

»Ah, dann bist du der Bub von der Marie!«

Marie erstarrte an der Schwelle zum Hinterzimmer. War das etwa …?

»Ja, der bin ich. Friedrich ist mein Name.«

»Wie groß du schon bist! Weißt du, ich war mit deinen Eltern mal in der Menagerie. Haben Sie dir das erzählt?«

»Warum? Wer sind Sie?«

Jetzt konnte Marie sich nicht mehr zurückhalten und ging langsam nach vorne in den Verkaufsraum. »Heini? Entschuldigen Sie bitte … Herr Schnitzler?«

»Ja, Marie! Du … äh … Sie sind ja auch da. Wie schön, Sie zu sehen.«

»Ja! Ich freu mich auch. Mein herzliches Beileid. Es tut mir sehr leid um Ihren Vater, er war ein guter Mensch.«

»Ja, es kam dann doch recht unerwartet. Obwohl mein Vater wohl wusste, dass er es am Herzen hatte. Aber es ist schrecklich, dass er allein sterben musste.«

Friedrich hielt sich schüchtern zurück und beobachtete seine Mutter und den fremden jungen Mann.

»Wie geht es Ihnen? Wie läuft die Buchhandlung?«

»Mir geht's gut. Und die Buchhandlung … ach, wissen Sie, die Zeiten sind gerade nicht so gut, um Bücher zu verkaufen.«

»Da haben Sie recht. Die Zeiten sind überhaupt gerade nicht so gut. Mal sehen, was noch kommt. Wie geht es Ihrem Mann? Wie hieß er noch gleich?«

»Oskar. Er heißt Oskar. Dem geht's gut. Er ist gerade in der Stadt, um ein paar Besorgungen zu machen.«

»Und Sie sind jetzt also Buchhändlerin geworden! Chapeau!

Ich kann mich noch so gut daran erinnern, wie Sie Lili stundenlang vorgelesen haben.«

»Ja! Und das Liederbuch durchgesungen haben wir. Dutzende Male. Und wenn wir fertig waren, mussten wir immer von vorne anfangen.«

»Ja, da war sie recht beharrlich, die kleine Lili.«

Heinrich Schnitzler wandte sich ab und nahm ein Buch aus dem Regal.

»Werden Sie jetzt hier wohnen? Oder Ihre Schwester?« Fritz hatte sich aus seiner Erstarrung gelöst.

»Friedrich!« Marie sah ihn scharf an. »Sei nicht so vorlaut.«

»Schon gut, Marie. Nein, ich bleibe nur ein paar Tage. Weißt du, ich wohne jetzt in Deutschland, in Berlin.« Er legte das Buch auf den Tresen. »Das hätte ich gerne. Und übrigens, danke für das schöne Schaufenster. Mein Vater hätte sich gefreut. Wenn Sie möchten, kann ich Ihnen eine Fotografie bringen lassen. Für das Fenster.«

»Das wäre sehr schön!« Friedrich war begeistert! »Und ich werde jetzt alles lesen, was Ihr Vater geschrieben hat.«

»Na, da hast du aber viel zu tun, junger Mann!«

Er bezahlte das Buch, verweigerte jeglichen Rabatt und verließ den Laden, nachdem er beiden fest die Hand gedrückt hatte. »Ich fahre übermorgen wieder zurück nach Berlin, leben Sie wohl.«

Eine Stunde später kam Oskar in die Buchhandlung, und Friedrich sprang ihm entgegen. »Er war da!«

»Wer war da?« Oskar lachte.

»Na, der Herr Schnitzler! Der Heinrich! Und wir bekommen eine Fotografie! Für das Schaufenster! Und er hat ein Buch gekauft. Hesse hat er gekauft. *Narziß und Goldmund.*«

»Wirklich! Der Heini? Und, wie geht's ihm?«

»Er wirkte sehr gefasst. Nett war er.« Marie war immer noch ganz gerührt.

»Aber Mama, was ist mit seiner Schwester? Wieso durfte ich nicht fragen, wie es seiner Schwester geht?«

»Weil seine Schwester tot ist.«

»Warum? Die ist doch jünger als er?«

»Ja, aber sie ist leider trotzdem gestorben. Vor drei Jahren. Da war sie erst neunzehn. Es war ein tragischer Unfall.«

Marie antwortete nicht auf die neugierigen Fragen ihres Sohnes. Nie würde sie vergessen, wie sie damals vom Tod der jungen Frau in der Zeitung gelesen hatte. Sie hatte aus der Ferne verfolgt, wie »ihre« kleine Lili so jung geheiratet hatte und mit einem viel älteren Mann nach Venedig gezogen war. Ein paar Monate später war sie tot gewesen. Ein Unfall mit einem Revolver war es angeblich, aber Gerüchte besagten, dass es vielleicht gar kein Unfall war, dass sie vielleicht sogar selbst Hand an sich gelegt hatte. Marie war damals so traurig gewesen, alles kam ihr so sinnlos vor. Was hatte man von all seinem Ruhm und seinem Reichtum, wenn man sein Kind auf so eine schreckliche Weise verlieren musste?

Am nächsten Tag gab ein Bote ein kleines Paket in der Buchhandlung ab. Fritz packte es aus und fand ein gerahmtes Foto von Arthur Schnitzler und ein kleines Buch, in dem eine Postkarte steckte. Darauf stand: *Lieber Friedrich. Das ist ein guter Einstieg in das Werk meines Vaters. Und lernen kannst du auch was. Ich wünsche Dir viel Vergnügen und alles Gute für Dein weiteres Leben. Herzlich Heinrich Schnitzler.*

Leutnant Gustl. Friedrich schlug das Buch auf, entdeckte auf dem Vorsatzpapier den Schriftzug *Arthur Schnitzler*, klappte es schnell wieder zu und drückte es an seine Brust.

Von Petra Hartlieb sind bei DuMont außerdem erschienen:
Meine wundervolle Buchhandlung
Weihnachten in der wundervollen Buchhandlung
Wenn es Frühling wird in Wien
Sommer in Wien

Mit Dank an Hugo Gold für die medizinische Beratung

FSC www.fsc.org MIX Papier aus verantwortungsvollen Quellen FSC® C083411

Erste Auflage 2021

Umschlaggestaltung: Lübbeke Naumann Thoben, Köln
Umschlagabbildungen: © depositphotos/bomg11/100ker
Satz: Angelika Kudella, Köln
Gesetzt aus der Sabon
Druck und Verarbeitung: CPI books GmbH, Leck
Gedruckt auf säurefreiem und chlorfrei gebleichtem Papier
Printed in Germany
ISBN 978-3-8321-8145-1

www.dumont-buchverlag.de